量子群星闪耀时

王江山 著

人民交通出版社股份有限公司
China Communications Press Co.,Ltd.

内 容 提 要

此书主要记叙了量子方面天才科学家的传奇一生。其中包括爱因斯坦，玻尔，薛定谔，海森堡等人。那时候，战争不能阻断友谊，科学可以没有国界，那时候，科学家们一出行，受到的欢迎比摇滚明星还热烈，光子箱里的粒子难测踪迹，黑暗盒子里的猫咪不知死生，引力波尚未观测到，知识为信仰铺路，人们为真理抗争。那时有黑暗，有白昼，但却有在黑夜里仍然闪耀的光芒。有这样一个事实让人们在此后的许多年间心怀感叹，歆羡不已——大地上，星星们找到了彼此。

图书在版编目（CIP）数据

量子群星闪耀时 / 王江山著. —北京：人民交通出版社股份有限公司，2016. 4

ISBN 978-7-114-12898-1

Ⅰ. ①量… Ⅱ. ①王… Ⅲ. ①长篇小说—中国—当代 Ⅳ. ①I247. 5

中国版本图书馆 CIP 数据核字（2016）第 061562 号

Liangzi Qunxing Shanyaoshi

书　　名：**量子群星闪耀时**
著 作 者：王江山
监　　制：邵　江
策　　划：童　亮
责任编辑：刘楚馨
营　　销：吴　迪　刘　君
出版发行：人民交通出版社股份有限公司
地　　址：（100011）北京市朝阳区安定门外外馆斜街 3 号
网　　址：http：//www. ccpress. com. cn
销售电话：（010）59757973
总 经 销：人民交通出版社股份有限公司发行部
经　　销：各地新华书店
印　　刷：中国电影出版社印刷厂
开　　本：880 × 1230　1/32
印　　张：8. 25
字　　数：176 千
版　　次：2016 年 5 月　第 1 版
印　　次：2016 年 5 月　第 1 次印刷
书　　号：ISBN 978-7-114-12898-1
定　　价：39. 80 元

目　录 MULU

楔子：魔鬼们在布鲁塞尔 …… 1
一代宗师：普朗克篇 …… 7
孤独旅客：爱因斯坦篇 …… 34
文科生德布罗意：德布罗意篇 …… 101
上帝手中的薛定谔：薛定谔篇 …… 116
谦谦君子：玻恩篇 …… 155
太极侠玻尔：玻尔篇 …… 170
少年时代：泡利、海森堡和狄拉克篇 …… 211
特别篇：物理学家的巴别塔 …… 233
尾声 …… 253
后记 …… 256

楔子：魔鬼们在布鲁塞尔

又去布鲁塞尔开会？

爱因斯坦看着信，心里五味陈杂，他的思绪忍不住飘回到16年前，那还是1911年，能斯特在信里邀请他去参加第一届索尔维会议的时候。那一届会议邀请了众多有影响力的科学家，他们聚集一处，讨论时下流行的物理问题。

16年前，爱因斯坦还是个初出茅庐的小伙子，也是当时会议上最年轻的参与者。

一转眼，他已不再是那个震惊四座的新星，早就名满天下了。物理学的格局也已发生了翻天覆地的变化，新奇的理论、激烈的交锋、富有思想的青年……新人辈出，高潮迭起。物理学界，似乎正酝酿一次思想的井喷。

这个深秋，他将重回布鲁塞尔。

爱因斯坦的朋友贝尔每次提起这次会议，都戏称这是巫师聚会："你说索尔维会议？没错，那是魔鬼们到了布鲁塞尔。"

这次，魔鬼们又如期赴约了。魔鬼之舞怎么少得了音乐？爱因斯坦拿过自己的小提琴——琴是要带去的——他心中已响起悠扬的思想旋律。爱因斯坦不是那种争强好胜喜欢出风头的人，可是想到某个人，他还是忍不住心里嘀咕："我一定要说服你。"

嗨，玻尔，上帝那老头子可不掷骰子。

玻尔一边整理行李一边思考着刚刚想起的那套新的思想实验。说实在的，虽然对自己的理论毫不怀疑，但他还是有点没底。"这次不像在科莫的会议，爱因斯坦也要来。"想到这他心里一动。其实爱因斯坦是他的老朋友，也是自己少年时期几乎一直崇拜的偶像，也正因如此，说服爱因斯坦的想法是如此强烈。他有一种预感，这次会议上会发生些什么。

对立的端倪早已显现，两个想法不同的人之间的思想碰撞不可避免。

可到底该怎么说服这个本就离经叛道的天才呢？

"该死的，我的演讲开场白还没想好。"

——他的作文焦虑症又犯了。

普朗克老了。他 69 岁了。虽说这个年纪的他依然精神矍铄，可岁月的力量不容小觑，连他也无法与之对抗。自己的骨骼松弛，甚至连头脑也不似当年敏锐了。

抓紧。必须抓紧时间。

普朗克比任何人都更热切地期盼能有更多时间与自己的同行们相处。27 年前，他打开了量子力学的潘多拉魔盒，放出了量子这个怪物。那时，他还无法预见这个怪物将会对世界产生怎样的影响，又会怎样彻底颠覆自己一直信奉的经典物理学——如今想来简直有些后悔，说真的，如果世界还像量子学说出现之前一样简明有序该多好啊。

可他到底不是固执的人。即使自己厌恶量子力学的很多学说，可只要与事实相符，他总会试着去接受。

他已经老了，却不愿暗自凋零。“放弃还早呢！”

普朗克收拾行装，踏上了去往布鲁塞尔的旅途。

薛定谔正纠结于自己该戴上哪个领结去参加会议——这可不像决定该带上哪个女人那样简单。不过他的心思早就飞到那里去了，那必是一次精彩的会议，敏锐的薛定谔意识到，山雨欲来风满楼。他将受到挑战。

其实他心中明白，自己的电子云学说确实存在些问题，可是，他还是不能接受哥本哈根学派的那群年轻人的想法——他们竟然认为量子力学是完备的。这么一个不完美，古怪的东西，他们竟认为不需要修改。

如果这就是世界的真相，那这世界是多么不美丽啊。

他摇摇头，拿上那个黑色领结，却用它擦起了眼镜——认真地薛定谔认真地走神了。

“……粒子波动性的几率波应该是一种统计结果，这是许多电子在同一实验或一个电子在多次相同实验中的统计结果。”玻恩摩挲着论文纸，这个概念他想了很久，非常希望和人交流。“不过用概率解释量子理论……会不会有点太新奇了？”一向谦和稳重的他此刻有点迷茫。

但不管怎么说，这是自己几年来的心血。爱因斯坦和薛定谔他们也会出席这个会议……就把这个观点抛出来，看他们如何还击！

而这时，我们的亲王德布罗意殿下——没错，他的全名是路易·维克多·德布罗意（Louis Victor de Broglie），从他的姓氏我们就可看出，这是一位贵族，而且，还是一位实实在在的王子。这时，他还沉浸在接到邀请的兴奋中——即将见到自己尊敬的爱因斯坦先生，还可以和新兴的物理学派讨论问题，他非常期待。

“只是——粒子只是波场中的一个奇异点，是波引导着粒子运动……自己这个观点会不会单薄了些，一定也会为人诟病吧？”

殿下情不自禁地纠结起来。

极其善于演奏钢琴的海森堡没法把钢琴这大家伙抬到布鲁塞尔去，可他知道自己将要和一位老牌演奏家“斗琴”。

一位是叱咤物理风云的物理名将，一位是思维波诡云谲的量子新星，他们同时出现于这个时代，不得不让人徒生瑜亮之叹。

既然爱因斯坦已经拨开了物理学的两朵乌云，为何这个年轻人要在好不容易出现的晴空下建立一个如此古怪的量子力学大厦呢？估计许多对于物理学局势怀着不明朗态度的人，都会在心中这样想吧。

海森堡心里不是没有犹豫，自己的理论，能否真的经受住推敲？可另一边，少年的倔强却泛上心头。他认准的理论，绝不会被任何权威压倒。

那么，亲爱的爱因斯坦先生，您的小提琴和我的钢琴，到底哪一个更动听呢？

我们将要一起演奏，不过，这可不是协奏曲。

车子已等在外面，脾气暴躁的泡利还站在镜子前与头上那一根怎么也按不下去的乱发做斗争。

“该死的！”忍不住骂了一句，泡利索性彻底放弃，抓起帽子径直就往外走。

穿着宽大袍衫，有些大腹便便的他风风火火地坐上车，又想起了会议的事儿。“这回我一定要说服那几个固执的老家伙。”他眉头皱得更紧了。“我还有许多有利的实验证据，等着瞧吧，哼！”

人人都知道，坐在那里的是谁。

她是少见的跻身于这个几乎全是男性的物理世界的物理女皇——玛丽·居里夫人。

她所从事的是实验物理，可她凭借女性敏锐的直觉和科学家的直感，预料到这即将到来的索尔维会议上，会爆发一场战争。

这是男人间的战争，但却并非事关尊严。

它事关真理。

爱因斯坦、玻尔、薛定谔、海森堡……

他们在路上。

他们正奔向同一个地方。

他们都对这次大会上即将诞生的经典论辩有隐约的预感，却都没有料到这一切会对未来产生怎样的影响。

新的时代已经到来。这时代是好是坏，谁也说不清。可它是崭新的，闪闪发光的。

那时候，战争不能阻断友谊，科学可以没有国界。那时候，科学家们一出行，受到的欢迎比摇滚明星还热烈。光子箱里的粒子难测踪迹，黑暗盒子里的猫咪不知死生，知识为信仰铺路，人们为真理抗争。

那时有黑暗，有白昼，也有在黑夜里仍然闪耀的光芒。有这样一个事实让人们在此后的许多年间心怀感叹，歆羡不已——

大地上，星星们找到了彼此。

一代宗师：普朗克篇

“音乐还是科学”

1874 年。慕尼黑的春天。

一片夜空这样倒映下来：寥落的星盏在微弱的春风中摇摇欲坠，光芒流转，延伸向无穷无尽的远方。忽然，它们像是破碎了，渐渐变成一个漩涡，越来越深邃，却氤氲在一片深蓝色的雾气里了。

他闭上眼睛。

每次当这一片星空落在他的眼睛里，他都感受到一股源自身心深处的震撼。那简直可以称之为蛊惑，对未知的好奇是如此之盛，他不能忽视这个需求。

可是。

如果真就这样，把自己的一生奉献给这片蕴藏了无数传奇的未知，他又有些恐惧和担心——也许到头来，他什么也得不到，那宇宙的秘密，他不能窥见分毫。

“马克斯。”父亲在叫他了。

16岁的少年转过身来，对着父亲点点头。

“还在想着大学分科的事吗？”父亲走到他身边，他们听见远方管风琴的声音淡淡地传来。“是的，爸爸。你知道，我一直很喜欢音乐和古典文学，还有科学。但是我必须在它们中选择一个，作为我一生的事业。”

“那你是怎么想的呢？”

“不知道。妈妈很希望我当一个音乐家，而且，这是很有名望和前途的。”

父亲打量着儿子：“那你自己怎么认为呢？”

一阵短暂的沉默。

“我两者都爱。”

“不，马克斯，你必须做出选择。”父亲的眼中掠过一丝失望，他不希望自己的儿子优柔寡断，犹豫不决。

父亲叹息着离开了。

少年索性躺在地上，继续欣赏头顶的夜空。这里的星星有些暗淡了，这里似乎形成了新的星座……忽然他想起自己的中学老师，备受同学尊敬的赫尔曼·缪勒的一堂课。他讲到能量守恒定律时，生动地说：“一个建筑工匠花了很大的力气把砖搬到屋顶上，工匠做的功并没有消失，而是变成能量贮存下来，一旦某天砖块因为风化松动掉下来，砸在别人头上或者东西上面，能量又会被释放出来。”

一颗星星暗淡了，可它的能量还在这片星空中飘荡，再汇聚成别的星星——这是多么灿烂的宇宙图景！

那一刻，他忽然明白了心中最真实的想法：寻找世界中的和谐与秩序，这才是自己一生的追求。他的性格也像是为这个理想量身打造的：腼腆中透露出坚强，谨慎而不盲从。平和但总是服从更高的理性，即使面对新事物时难免会停滞一阵，可一旦相信自己能够把握它，就会按照正确的方向前行，不受任何阻挡。

他终于做出了那最终的选择。

他永远不知道，就是这个选择，让自己的姓氏成为了一个物理学上的常数——

普朗克。

这片星空永远为他打开了。

“二位先生”

“我必须得提出忠告，马克斯，”约里教授露出为难的神情，“你知道，从遥远的时代起，已经有无数的天才把一生的精力投入到建设物理学大厦的进程中，我们已经有了牛顿力学，有了麦克斯韦的电磁理论，可以说，这幢宏伟的大厦已经接近完工了，我们这些人也仅仅能让它显得更富丽堂皇些——谁知道呢，但是我不希望那些想在科学上青史留名的年轻人再从事这一行了，实话说，物理学已经没什么搞头了。”

在慕尼黑大学学了几年数学的普朗克找到物理学教授约里，表示自己想转学物理时，后者这样回答他，语重心长。

“不，约里先生，谢谢您的好意。我知道现在物理学可能已经不再‘时髦’，但我并不是想要做出什么‘发现’而一举成名，我只是想去了解和深化已经确立了的基础。我不醉心于世俗的成就，但是有关‘宇宙本性’的问题是从少年期就强烈吸引我的。这才是我要追寻的东西，请答应我的请求吧。”

普朗克得偿所愿。多年后他在《物理学中的因果概念》中写道：“对于所有这些人来说，他们有意或无意献身于科学的动机，乃是出于一种信仰，即对一种合乎理性的世界秩序坚定不移的信仰。”

他没有接受劝阻，这真是他本人和整个物理学的一大幸事。

1879 年，普朗克来到柏林继续学习物理学。

普朗克在柏林的物理学老师是古斯塔夫·基尔霍夫（德国第一位理论物理学教授）和赫尔曼·冯·亥姆霍兹，数学老师是卡尔·魏尔施特拉斯。他们是一流的物理学家和数学家。这极大地扩展了普朗克的科学视野，也加深了他对物理的兴趣。

话虽如此，但基尔霍夫和亥姆霍兹这两位物理学家的讲课水平却不尽如人意：基尔霍夫先生的讲课风格可谓“照本宣科”的典范，和其他学科比起来本就显得枯燥无味的物理，这个“枯燥”的特质被他充分挖掘，并且似乎丝毫没有考虑到学生们的感受——当然也丝毫不影响他的科学工作的伟大，但正直好学的普朗克依然对他无比敬佩；与之相反，亥姆霍兹先生却是讲课时不做准备、信马由缰、不知所云的典型，很多时候都要靠学生们提醒，他才能想起自己上一堂课究竟扯到了哪里。可这也不妨碍普朗克认真地做课堂笔记。不过这些学习笔记也表明，普朗克当时主要是通过直接学习物理学文献来了解学科现状的，并且因为亥姆霍兹先生和普朗克一样对音乐有极深的爱好，他们成为了好友。

在这种情况下，毫无疑问，普朗克只能靠自学来提高。

在他阅读文献的过程中，普朗克发现了一些脉络清晰，推理严谨，论证系统严密的论文。它们出自一人之手——鲁道夫·克劳修斯。他关于热力学两个定律的看法展现在这些论文中，这深深地吸引了当时的普朗克，以至于他选择了热力学作为自己的研究领域。1879 年，年仅 21 岁的普朗克获博士学位。博士论文即《论热力学第二定律》，在其中他探讨了古典热力学的两个定律，并且贯穿了他对熵增加原理深刻独到的理解。一年后，他就在大学任教了。普朗克所写的《各向同性物体在各种温度下的平衡状态》的资格论文也是在讨论热力学。他后来写的《热力学讲义》一书曾在三十多年的时间内被认为是热力学方面的经典著作。在世纪交替时期，他已成了热力学方面的公认权威。他一生取得的最大的科学成就是量子假说，而量子假说的产生与热力学中的一个重要问题——热辐射问题的讨论有关。由此我们可以得出一个稍显牵强和可笑的推论：若不是那教导普朗克的两位先生太不靠谱，他就不会用如此多的时间自己阅读文献，也就不会发现自己对于热力学的偏爱，因此可能不会去研究黑体辐射问题，从而无意中撞见宇宙最大的秘密。

“空上之云”

约里教授并没有说错，到了普朗克的青年时期，经典物理学的大厦的确已经接近竣工，后来的人们似乎无事可做了。

但是晴空之下仍有霹雳。这些惊雷就存储在两朵小小的乌云中，等待释放它们的能量。

其中一朵乌云是经典物理在光以太上遇到的难题（即迈克尔孙——莫雷实验，在此次实验中他们想测出“以太风”的相对速度，但失败了），另一朵乌云，就是普朗克着手去研究的黑体辐射问题。

物体因自身的温度向外发射电磁波的现象称为热辐射。温度越高，辐射越强。物体不仅能辐射，还能吸收电磁波。能吸收落在其表面上一切波长的能量的物体称为绝对黑体，简称为黑体。（绝对的黑体是不存在的，就像质点，电偶极子等物理概念一样是一个理想化的物理模型。）正确解释黑体辐射的实验规律是当时困扰物理学家的难题之一。

说它难，不如说它从骨子里透着离奇。从前的人们认为，如果我们将世界看成一个完整的对称图形，那么对称线两边图案上的每个点都应该有唯一确定的对应的点，犹如一把锁只认一种钥匙的形状，一个音波只有一种确定的声响。物理世界要求一切必须明确清晰和实在。可是，在普朗克的时代，人们对黑体辐射的研究却得出了两个公式。

一个现象对应两个公式？这在经典物理的时代，简直像是一条真正的双头蛇在挑衅地对物理学家吐着信子。维恩利用热力学和电磁学理论证明了黑体辐射中电磁波谱密度的公式（后称为维恩定律），而瑞利—金斯公式却是基于经典电动力学和统计力学导出的，出发点不同，因而这两个公式分别只在黑体辐射的高频部分和低频部分成立，但要描述整个黑体辐射现象，它们却都无能为力。

人们必须找出一个更好的公式，使其在整个频率范围内都成立，这不是痴心妄想，而是物理学家们的尊严。

其实早在1894年，普朗克就开始探索黑体辐射问题，但是和其他大多数也在致力于研究这一问题的科学家们一样，一直没什么大的进展。他一开始把辐射看成一个热力学体系来计算它的熵，由此得出的结果正好和维恩的经验公式相一致。可玻耳兹曼毫不留情地批评了这种方式，幸而普朗克也虚心接受了。1899年上半年，普朗克忽然有了新灵感：那时有一大批杰出的物理学家都致力于辐射能量分布问题的研究，有些是从实验方法着手，有些是从理论方面着手，但他们大多局限于把辐射强度与温度直接联系起来，而普朗克则想到，会不会是熵和能量有着更深一层的关系呢？

一个念头隐约出现在他心里——古典物理学的基础太狭小了，需要从根本上改造和扩充。普朗克接着往下推想，既然黑体辐射的维恩公式和瑞利－金斯公式分别在高频和低频区间成立，何不用内插法把维恩公式和瑞利－金斯公式综合起来呢？

说干就干。普朗克用自己娴熟的数学技巧构造了一个内插公式，别忘了他在慕尼黑大学一开始的专业是数学，然后带入其中推导。普朗克自称这一行为是“孤注一掷”，但是他最终成功地得到了一个非常著名的辐射公式：

$$E = hv$$

（其中E是单个量子的能量，v是频率，h是量子常数，即后来人称的普朗克常数。）

1900年10月19日，普朗克在德国物理学会的会议上，在以《维恩位移定律的改变》为题的论文中提出这个他重新构造的新的辐射公式，这一公式在长波阶段化为瑞利公式，短波阶段化为维恩公式。当晚，鲁本斯就把普朗克提出的这个公式与实验结果进行比较，惊讶地发现在任何情况下它与实验均无差异。一周后，鲁本斯和库尔鲍姆在递交给普鲁士科院的报告中正式宣布：“我们已将当时存在的五个不同的辐射公式与实验结果系统地做了比较，结果，只有普朗克辐射公式在所有波长范围内完全与实验相符。”

转眼到了1900年的平安夜，普朗克在德国物理学会的圣诞会上，宣读了题为《关于正常光谱的能量分布定律》的论文，他对黑体辐射公式做出了一个令人震惊的解释：“能量在辐射过程中不是连续的，而是如一股股的涓流似地被释放，这种涓流就是量子，而量子的能量只决定于频率，即 $E = h\nu$，h 是作用量子，其大小为 6.63×10^{-34} J · s。”①

这一天，是量子论的诞生日。可在平安夜降生的量子论却没有给世界带来平安，反而掀起了一次又一次波诡云谲的浪潮。

量子概念之所以令人心惊，因为它颠覆了一个固有的概念：连续性②。

如果说山脉尚有断裂的部分，那么以水为例再恰当不过。当我们去接水时，如果水流成线潺潺流出，连续不断，我们很快会接满一杯水，可你能想象有一个世界，那里的人只能“一滴一滴”地接水吗？

很遗憾，那个世界正是我们的世界。

的确，连续性可能只是一种假象，能量并不是连续不断地发出的，而是按照一个固定的分量“一份一份”发出的，这个最小的单位即“量子”。在普朗克提出的概念面前，大自然失去了连续性优美和谐的外表，原本平滑柔软连绵不断地通向宇宙真理的丝绸忽然破碎了，一束强光透过量子世界的大门投射过来，我们才发现，原来人们一直是在沼泽地上前进，只能一步一步跳过沼泽上放置的、彼此分隔开的木板——因为世界是“不连续”的啊！

而现在，合适的公式有了，它的物理意义又是什么？犹如上帝造出了人的身体，接下来要为它寻找灵魂。显然，这个公式必然包含着某种绝对的东西，它不是靠巧合解释现实的。

作为一个热力学专家，普朗克一向坚信热力学函数的绝对性，因而对基于原子论的统计物理不屑一顾，可他一发现自己所钟爱的普遍理论无法给他的辐射公式以很好的解释，他就转而相信自己曾经厌恶的统计观点。普朗克按玻耳兹曼的方法把能量分成一份一份，分给有限个数的谐振子，就像分配给单个的分子、原子那样。然后他得出了一个连自己都诧异，但却是最符合实际的解释，并且不自觉地打开了神秘的量子大门。他把能量子的概念第一次引入物理学研究中，这是从连续到量子化的具有历史意义的伟大一步。

可是普朗克，正直温厚，从小就安分守己、循规蹈矩的优等生普朗克，他竟然要如此大逆不道地挑战人们认知的底线吗？即使他手中已经握上了黑体辐射公式的利剑，他的手腕还是颤抖的。要斩杀观念的巨龙，他没有把握。不，与其说是没有把握，不如说没有欲望：他是在经典物理的时代成长起来的乖孩子，他内心里并不想抛弃过去的一切。

但是普朗克的可贵之处也在于此。基于对科学事实的信念，他从原子论的反对者变成了赞同者[③]，还接受了自己原本反对的热力学第二定律的统计观点。只要是与事实最终相符的理论，无论与自己原有的认知多么冲突，普朗克都努力去接受了。

1931 年，普朗克在给同事 R. W. 伍德的一封信中写道："我生性平和，不愿进行任何吉凶未卜的冒险。然而到那时为止，我已经为辐射和物质之间的平衡问题徒劳地奋斗了六年。我知道这个问题对于物理学是至关重要的；我也知道能量在正常光谱中分布的那个表达式。因此，一个理论上的解释必须以任何代价非把它找出来不可，不管这代价有多高……我就准备牺牲我以前对物理定律所抱的任何一个信念。"

1900 年，普朗克站在新世纪的大门前。身后，是经典物理学的美好时代。那时物理如乐章一般华美且富含深刻的规律。一切都像曲谱般，只要记载正确，演奏得当，那无论何时都能向世界展现出同样精彩的音乐。人们掌握了种种有效的物理学公式，放心而自信地用它们来不断开拓新天地。

可是，普朗克无意中打开了黑体辐射这一魔盒，他让人类看到了一个全新的、事事不确定的量子世界，在那里，光叠加于波和粒；猫不知生死；我们无法同时确认一个小点的位置和速度。那里生活着一只怎样都无法显形但确实存在的龙；有一个不看就无法确定其真实的月亮；有远隔万里依旧心灵相通的粒子。那里上帝不断地掷出骰子；26 根弦不停纠结；宇宙无数次分裂；千百个历史相互交叠……④

量子论是一架最神秘的管风琴，普朗克按下了第一个键子，虽然那时他还不知怎样弹奏它。她的音色是那样古怪，可在其中却似乎迸发着无限的活力，大自然的光谱音乐袅袅上升，穿透空上之云，令人心驰神往。保守而谨慎的普朗克坐在琴凳前，战战兢兢，他还没有准备好——当然，面对量子论，怎么准备都不算过的。

“新的发现”

“《论动体的电动力学》?”

1905年6月，一个明媚的夏日午后，在《物理学年鉴》工作的普朗克如往常一样审阅从世界各地寄来的科学论文，而这篇文章深深地吸引了他。

这篇论文甚至没有参考文献和致谢，显得那么不合规矩，但作者用简洁清晰的语言叙述了一个新的时空观，并提出了两个公理基础：相对性原理和光速不变原理。该理论赋予了在经典物理中只有相对意义的“光的速度”以一个绝对意义。

那一刻其实连普朗克自己也不知道，这篇吸引住他目光的论文后来在全世界掀起了怎样一场天翻地覆，而它的作者也以普朗克对这篇论文的大力推崇为契机成为了科学届的一颗新星，并且，直到现在，他的名字也是天才的代名词。

普朗克那因常年弹钢琴而稍显微微变形的修长手指再次拂过论文封面，指尖滑过那个名字：阿尔伯特·爱因斯坦。

那一刻已经47岁的普朗克也不知道，他和这个当时只有26岁的年轻人会在之后的漫长人生中产生多少交集，情谊和误解。他们作为科学家彼此交汇的一生，又怎样在大时代的风云变幻下深刻地改变了历史的面貌。

那一年，是普朗克发表量子假说的第5年，可当时物理学界对它的反应仍然保守冷淡，虽然公式因简洁且符合实验而备受欢迎，但那时人们都不能理解量子的真正意义，甚至连他自己也不敢确定。最初他虽然从多方面探索能量子的重要意义，但总是限制它的应用范围，他一直试图在纯粹经典物理学的基础上解释黑体辐射，调和量子假设同经典理论的矛盾，结果白白地耗费了十多年的时间。

而此时爱因斯坦却发展了普朗克提出的量子论，他于 1905 年 3 月完成了《关于光的产生和转化的一个试探性观点》一文，提出了光量子概念，认为光是由能量为 $h\nu$ 的光量子组成，他把普朗克对谐振子能量量子化的假说大胆引申到对光的辐射的研究中，成功解释了光电效应。在此之后人们才逐渐认识到普朗克量子论的巨大价值。后来爱因斯坦又完成了几篇与普朗克假设有关但有新鲜创意的文章，发展了量子假说。由此看出普朗克对爱因斯坦早期的深刻影响。

可是在爱因斯坦这篇名为《论动体的电动力学》的划时代论文发表之后，科学界却是反应平平——甚至连批评声都没有。

爱因斯坦本以为自己的学说会引起瞩目，没想到换来的却是一片死寂。他心急如焚。此时，负责发表这篇文章的普朗克再次挺身而出。当年的年底他就在柏林大学讨论会上做关于相对论的演讲，对爱因斯坦提出的理论给予公开的支持。他还给当时尚未相识的爱因斯坦写了信："你这篇论文发表之后，将会发生这样的战斗，只有为哥白尼的世界观进行过的战斗才能和它相比……"

但爱因斯坦的成名之路并不一帆风顺。1906 年，物理学家瓦尔特·考夫曼决定通过阴极射线在电场、磁场中的偏转实验检验相对论，而这次试验却因为错误测量而产生了与相对论不符的结果，这对这个新生理论极为不利。

也许因为二人都对科学抱有简洁性的审美和发自内心的热

情，也许因为相对论自身的绝妙魅力，普朗克决定继续对爱因斯坦提供支持。针对这种情况，他在“自然科学大会”上为新理论进行了辩论，认为实验的精确度还不足以判别各种不同理论的谁是谁非。同一年他又不辞辛苦地分析了考夫曼的实验条件，终于发现了其中的错误，指出应慎重地再做一次实验。他发现爱因斯坦给出的电子运动方程根据不充分，还重新推导了该方程式，得出相对论动能表达式，极大地发展了相对论动力学。

普朗克的努力没有白费，在他这样一位在世人眼中已经德高望重的大科学家的支持下，狭义相对论很快被接受。

爱因斯坦终于走入了众位物理学家们的视线。

很多人说，除了热辐射理论以外，普朗克对物理学的第二个重大贡献就是他“发现”了爱因斯坦。普朗克那卓越的洞察力和预见力看出了爱因斯坦理论的价值并积极发展它，这不仅是爱因斯坦的幸运，也是整个物理学的幸运。

爱因斯坦自己也承认：“相对论很快地引起了物理学界的兴趣这一事实，在很大程度上是由于普朗克对它的热情和坚决的支持。”

1913 年，普朗克邀请爱因斯坦担任柏林大学教授［普朗克在柏林大学期间先后担任理论物理研究所的所长（1889）、物理学院院长（1903—1904）、柏林大学校长（1913—1914）等职］[⑤]普朗克是这样对他说的：“你有上课的权利，但没有上课的义务。”这乐坏了讨厌上课的爱因斯坦，他也马上接受这个 offer，从苏黎世搬到柏林来，做了普朗克的同事，并成为了他家的常客。普朗克经常在家里召集同事和朋友们组织音乐会：普朗克弹钢琴，专业提琴家约瑟夫·约阿希姆拉中提琴，爱因斯坦拉小提琴。他们一起演奏贝多芬 D 大调三重奏。一曲终了，普朗克站起来兴奋地说："多么美妙的第二乐章!"而爱因斯坦经常因为自己拉琴走调而不好意思地哈哈大笑，有次他和普朗克的助手丽丝·迈特纳一起离开时，他突然对她说："您知道我嫉妒您什么吗?"后者吃惊地看了他一眼，爱因斯坦笑得更加狡黠："您的老板。"

有时候他们还举行合唱晚会。普朗克担任合唱指挥，朋友、同事和有才华的学生分成不同的声部。人们其乐融融，那时普朗克的四个孩子都还健康地活着，那时爱因斯坦已经成了柏林理论物理学会上备受瞩目的发言者，每两周，就有许多人聚集在普朗克的家中，这里有七、八个已经获得或日后即将获得诺贝尔奖的科学家，他们在普朗克的音乐花园中尽兴徜徉，交流物理学理论的讨论声和美妙的音乐声彼此交错，争论声和笑声弥漫在整个房子里。那时战争还没有到来，那时科学还没有分裂，那时普朗克和爱因斯坦还保持着和谐的友谊。普朗克温和、庄重、重视家庭，是人们尊敬的师长，他热爱国家，奉公守法，无比地负责和诚实。而爱因斯坦从少年时代起就是个随性漂亮的人，他自我，不受家庭束缚，喜欢犀利的言词和露骨的玩笑，虽然善于交际但却享受孤独，在任何人面前都保持个性，难掩光芒。

两者是那样不同。

可他们在某种程度上是那么相似。他们都相信物理学家怀有一种可以超越时间和空间的根深蒂固的直觉，而这种能力可以让人类有希望建立一种能统一宇宙的、真正普适的物理学。

他们都坚信自然界的客观性，客观世界的和谐性，自然规律的一致性，逻辑上的简洁性。而最重要的，真正将两者联系起来的，正是那同样吸引了二人的，自然科学领域的“美”。

那是种天然的笃定，他们知道在那些纷繁复杂的表象背后有某种更接近本质的东西。

析万物之理而判天地之美。

“教师与物理学”

玻色[6]从印度来。

那时他只是一个刚过30岁的年轻人，聪明低调，却难掩天才的光芒。他的国家有复杂的宗教体系，华丽的艺术文化。可唯有科学是落后的那一环。古老的清泉难以浇灌新鲜的花朵，他们需要新的养料。

来自东方神秘古国的玻色带着对知识的渴求向西瞭望，柏林，那里汇聚着当时最负盛名的科学家们。柏林，正是他值得去的地方。

彼时普朗克正在柏林大学教书，一辈子勤勉认真的他对于讲课也当然不会有丝毫懈怠。所有的课程都经过深思熟虑和精心安排。玻色记得，也许是备课得当，普朗克讲解时不用提纲，却从不出错，也不卡壳。唯一的修正就是偶尔掏出笔记，再回头扫视一下黑板，确认一遍然后说一声“对”，于是又把笔记收好，继续讲解下一个问题了。他的讲解总是那么深入浅出，令学生们印象深刻。以至于在许多年后，回忆起在柏林求学的青年时光，玻色最难忘的还是普朗克的课程。因为这些课程，他才知道物理学是那样一个理论体系，在该体系中，整个的课题可以从统一的立脚点并根据最少的假设来加以展开。从一到多，一个复杂的体系经过严谨的思路，那么顺畅而清晰地树立起来。

普朗克认为世界图象是普适和统一的，物理学是一个“整体”⑦，它的最高目标应该是“把物理现象错综复杂的多元性综合到一个统一的体系，假若可能的话把它综合到一个唯一的公式”。基于这样的信念，他将热力学和当时尚是新理论的麦克斯韦电动力学统一起来，巧妙地将自己对不可逆性的研究和对电动力学的研究与热辐射问题相联系。因为在他看来，只有统一性的知识才能达到对自然、人类的理解，科学研究的真正价值在于使各种知识处于总体的关联之中。

1925 年夏，德国青年海森堡提出了矩阵力学⑧。普朗克深感欣慰，他指望矩阵力学能发展成为一种可以取代经典理论的统一理论。普朗克认为新旧理论之间没有质的差别，只有适应范围的差异，然而他很快发现并非如此⑨。可海森堡的理论毕竟显得有些古怪——普朗克发现自己很难理解。

面对已经越来越“陌生”的物理学，普朗克不得不将目光投向科学哲学研究和教学方面。他在很短的时期就同时开设了四门理论物理学课程，甚至出版了一套后来被奉为名著的理论物理学的书。大到德国科学发展的方向，小到德国物理学会刊物的审稿，从各个学术机关的款项分配、人员调动，到中学物理学的教学改革和大学普通物理学的改进，普朗克都起到了重要作用。他育人四十年，四十年间有二十多名哲学博士出自他门下，其中不乏诺贝尔奖获得者。

晚年他仍然到处巡行演讲。最后一次演讲正值北欧寒冷的 1

月，普朗克却只能乘坐没有取暖设备的火车忍受严寒一路颠簸，到演讲的地方去。

有人问他为何如此坚持。普朗克回答道："在八十九岁的时候我不能在科学上有所创造了，留给我的只有一种可能，那就是通过在这儿或那儿重复我的讲话继续朝着我的工作方向不断前进，并满足那些为真理和知识而斗争着的人们的愿望。"

可在普朗克的一生中，他的科研和教学生活一直波折不断，而这无法避免，身处历史乱局中的每个人都会被时势侵染。

"迷航的方舟"

普朗克签了名。

1914 年，第一次世界大战爆发。

那时普朗克和大多数欧洲人一样，认为战争会在几个月之内结束。战争，只有战争是合法而快速解决所有问题的最佳手段。他没有深思熟虑，就在臭名昭著的《致文明世界的宣言》(即所谓"九十三位知识分子的呼吁书") 上签了名，表示和德国当局站在一起。

普朗克的父亲是法学教授，祖父是神学教授，在这样的家庭熏陶下，对进步和秩序的追求以及对集体的献身精神和对国家的忠诚对他来说都是理所当然的。而他也和大部分的科学家一样缺乏政治上的敏感，把德国军国主义看作是对德国文化的保护。甚至他的长子卡尔在凡尔登战役中死去，他也认为是为国捐躯、死得其所。

那是个狂热而缺乏理智的时代。19 世纪末 20 世纪初的德国，人们看到了科学技术的力量，对它的进步有狂热的追求，可与此同时，军国主义的思想弥漫于整个社会（在那时学校里实行军事化管理，只有曾在军队中服过役的人，才能得到真正的社会认可），民众对于军事扩张的拥护缺乏理智。德国取得了无与伦比的科学成就，可隐藏其中的对外扩张的野心却被人们忽视了。

随之而来的，却是德国在一战中的惨败。

战后签署的《凡尔赛条约》让德国付出了沉重的代价[10]。在这一时期成立的魏玛共和国基础十分脆弱，根本起不到管理国家的作用。战胜国们趾高气扬地对德国实行严酷的报复，这为纳粹的上台埋下了伏笔。

普朗克此时已年过半百。这是一个在光环中生活了大半辈子的科学家，一个爱国者，一个对政治局势怀有天真理解的德国人。但很快他就对自己曾签名一事深深后悔，寄公开信给洛伦兹，重新申明了自己的态度。对他来说，科学和国家同等重要（大多数时候，国家的位置可能还要靠后一点），想到战争和政治上的不宽容会对科学家之间的国际合作造成极为恶劣的影响，普朗克忧心忡忡，因而付出许多努力挽回局面[11]。

到了 1933 年，德国国内的“反犹运动”愈演愈烈。纳粹对居住于德国的犹太人实行了野蛮的屠杀和驱逐，连在德国科学院工作的犹太裔科学家们也不能幸免。

“德国已经没有自由、容忍和公民在法律前面的平等，从而我将不再回德国。”爱因斯坦不堪打扰，愤怒的发表宣言，当年他取得美国籍，在普朗克的秘密协助下离开德国移居普林斯顿。时任柏林科学院秘书和威廉皇帝学会主席的普朗克也曾因不满当时的政治局势考虑过引退。可他不断地收到各方面遇到困难的人们的来信——他们都需要他的帮助。

普朗克知道自己有责任留下来，如果他不来主持大局，那谁来帮助这些人呢？如果他不留下来，而将位置让给更反动的人，德国科学界的处境会更糟糕。于是他只好委曲求全，甚至曾打算通过幕后活动面见希特勒。

五年后，普朗克倾注心血的威廉皇帝物理学研究所终于落成。他对这里寄予厚望——在普朗克原本的计划和心愿里，这个研究所应成为纳粹主义洪水泛滥中的“诺亚方舟”，庇护一些科学家能避免政治浪潮的侵害，继续从事科研活动。普朗克知道自己无法凭个人的力量对抗当权者，可为了心中的原则底线，他却能表现得很坚强。

然而不久之后，“方舟”还是落入了军方手里，甚至在海森堡的主持下成了为纳粹研制原子武器的基地[12]。方舟已迷航。可谁都无能为力——德国这艘巨轮都已在历史的轨迹上偏转了太多，又怎能寄望于一个本就风雨飘摇的“方舟”呢。

每到节日，人们都要集体向希特勒致贺。普朗克作为科学界的代表必然要出席。这位老人站在台上，试图举了两次手，却都没有举起来，直到第三次才勉强抬起，低声跟着人群喊了一声“希特勒万岁”。

“悲欢离合总无情”

这一年，普朗克87岁了。可由于一直保持着严格的生活和作息习惯，他仍具有敏锐的头脑和健康的身体，依然维持着对生活浓厚的兴趣。假期来临，他时而去勃兰登堡的乡下游玩，时而去阿尔卑斯山远足。早餐一直定在8点整，接下来集中精力去工作，直至中午。他喝红酒，抽雪茄，有时与亲友们玩纸牌游戏，但都很有节制。舒伯特、舒曼和勃拉姆斯的曲子常常在他的房间响起。谈笑有鸿儒，不同圈子的朋友也经常来拜访他。普朗克的朋友不局限于物理同行们，还包括许多音乐家甚至文学家（年轻时他甚至与德国文学家泰奥多尔·蒙森有过交往[13]）。

人生七十古来稀。饱经忧患了一生的普朗克以为自己终于可以静静休息。可好景不长，1943年2月，普朗克在柏林郊区的住所被炸，多年来精心保存的日记、通信、文稿、藏书全部被毁。为了躲避空袭他只好迁居乡下。但苦难还远远没有结束，一场突如其来的打击击垮了他。

1944年，一个惊天的行动被纳粹发觉了——有人要刺杀希特勒。

此时普朗克和原配夫人生的第二个儿子埃尔温（Erwin Planck）却因自己的一个朋友涉嫌谋刺希特勒而被卷入这一事件，并被当时由纳粹党棍罗兰德·弗莱斯勒（Roland Freisler）操纵的“人民法庭”判处死刑。

埃尔温继承了父亲的正直恭谨，温厚善良。魏玛共和国时期他曾担任军官，后来又成为施莱歇尔宰相的国务秘书，由于他一直不赞同纳粹的许多行为，1933年他选择退出政坛，成为一名商人。他曾同卡尔·格德勒（Carl Goerdeler）领导的保守抵抗组织接触，这也是使他被捕的原因之一。

埃尔温是普朗克最欣赏和疼爱的孩子。无论工作还是生活，他都能对父亲提出许多建议和鼓励。他所扮演的角色不仅是一位孝顺的儿子，更是普朗克“最好和最亲爱的朋友”与“最亲密的知己”。普朗克在得知儿子将被处以极刑后，心急如焚。

为了挽救自己的爱子，普朗克不惜一切，甚至想到去央求纳粹军官。

他给纳粹党卫军头子海因利希·希姆勒写信：

亲爱的帝国党卫军首领：

我儿媳告诉我，我儿子埃尔温7月23日已被捕，处境十分危险。由于我和儿子的亲密关系，我确信他一定与720政变没有任何关系。我现在已87岁了，任何事情都依赖儿子。我继续科学实践就是为了完成我接受我的光荣职责时的承诺，服务祖国直至生命结束。我之所以能够做到这一点，多亏了我儿子的帮助。在我生命的最后，埃尔温是我第一次婚姻留下的孩子中唯一还活着的一个，长子和两个女儿都去世了。我第二次婚姻中出生的儿子心理上不够坚强，无法承继我的家族传统，而埃尔温在性格和能力上可以承继。我请求您设身处地地为我想想，考虑到我在国内外的影响，如果我的儿子接受了严厉惩罚，我失去儿子的话，后果会如何。

可没有任何回音。

普朗克并不放弃，走投无路的他将希特勒视为最后一根救命稻草，直接写信给他。

我的元首：

听到我儿子被“人民法庭”宣判死刑的消息，我惊呆了。

我再次请求您，我的元首，由于我在为祖国服务的成就所得到的承认，我确信，您能聆听我这个87岁老人的请求。作为德国人民对我毕生工作—它已成为德国永恒的精神财产—的感谢，我恳求您放我儿子一命。

一位年近九旬的老人，一个量子时代的伟大开创者，在他人生的最后几年，却要为自己儿子的生死而奔走呼号。

而这些，显然也是徒劳。

战争的阴云摧毁了普通人的生活，也涤荡着伟大人物的命运。

1945年1月23日，埃尔温被处以绞刑。

普朗克在给朋友，物理学家阿诺尔德·索末菲的信中写道：“我最亲密的、最亲爱的朋友被夺走了，我的痛苦无法用语言表达。”

他永远也没有从这种损失中恢复过来。

晚年丧子的普朗克心力交瘁，身体也终于垮了。他患上了严重的脊椎粘连，行动困难，疼痛不能自已。不久后他的居住地变成战场，他和夫人只好躲在树林中，日夜惊惶逃命。以至于夜不能宿，只能睡在草堆上。后来他被美军找到，移居到哥廷根的一个侄女家中。

普朗克在极度贫困的情况下，在他侄女的家中去世了。终其一生，他都是个正直温厚，勤勉认真的人。命运的浪潮一次次袭向他，他却如海岸线般一次次承受着，还奉献出美丽的曲折。

他的坟墓只有一块简单的矩形石碑，上面刻了他的姓名，墓志铭只有一行：

h =6. 63 * 10^（-34）J · S.

该数值是微观现象量子特性的表征，他以自己的名字命名了它：普朗克常数[14]。

爱因斯坦评价道："从他卓越伟大的头脑中所散发出来的一切，都像一部伟大的艺术作品那样清晰美妙，人们的印象是，所有这一切得来都如此娴熟轻巧……对我个人来讲，他的意义超过了我在生命旅程中遇到过的所有人。"量子概念的提出，为了解宇宙图景打开了一扇崭新的大门。普朗克推算出的这个数值，正是这一切的开始。

那是他一生中最伟大的贡献。

普朗克见证了经典物理学到量子物理学的发展进程。先人的研究和后来者们的探索彼此呼应和碰撞，不断创造出新的节点，星光熠熠。过去与未来，经典与量子，波动与粒子，虚幻与实在。争论和继承中，是一条永不间断的科学的链条。

悲欢离合总无情，春风大雅能容物。宗师普朗克，他来过，他曾想探索这个宇宙的未知。

他做到了。

相关：（来源：互动百科）

1918 年，德国物理学会庆贺普朗克 60 寿辰而举办纪念会，普朗克致答词说："试想有一位矿工，他竭尽全力地进行贵重矿石的勘探，有一次他找到了天然金矿脉，而且在进一步研究中发现它是无价之宝，比先前可能设想的还要贵重无数倍。假如不是他自己碰上这个宝藏，那么无疑地，他的同事也会很快地、幸运地碰上它的。”而洛仑兹在评论普朗克关于能量子这个大胆假设的评价或许更接近实质：“我们一定不要忘记，这样灵感观念的好运气，只有那些刻苦工作和深入思考的人才能得到。”

1919 年底，斯德哥尔摩方面决定把 1918 年因争议较大而未颁发的物理学奖项授予普朗克，他愉快地接受了。普朗克量子概念的意义是巨大的，虽然其远远超出了他的最初理解，但毕竟也是普朗克，点燃了量子革命的熊熊烈火。

普朗克一生发表了 215 篇研究论文和 7 部著作。

在他 80 岁寿辰的庆祝会上，人们“赠给”他一个小行星，并命名为“普朗克行星”。

作者评论：想到普朗克的曾祖父是莱布尼茨的门生，又想到莱布尼茨是牛顿的敌人曾被牛顿欺负得够呛，而普朗克这一发现不亚于是直接终结了牛顿时代，真是感慨万千。不知为何想起了这句：不是不报，时候未到。天道循环，报应不爽……

注释：

①这是同经典概念严重背离的物理解释。他认为黑体空腔器壁上的原子谐振子的能量是量子化的，而且谐振子与腔内电磁波的能量交换也是量子化的。

②连续性也是微积分的根本基础。

③普朗克毕竟不愧为一位伟大的自然探索者。他本来认为热力学的规律是普遍的规律，而关于物质构造的分子概念则是

将会把人们的思想引人歧途的概念，因此对“原子论”是没有好感的。但随着分子运动论逐渐取得成果，特别是这种理论在化学方面的广泛应用，他逐渐看到了分子一原子概念的必要性，并且改变了看法，甚至早在确立自己的辐射理论以前就接受了分子运动论。

④以上皆为量子理论学者提出的思想实验或观点。

⑤在普朗克任职期间，柏林大学聚集了世界上最优秀的科学家，柏林大学成为科学家们最想任职的地方。

⑥萨特延德拉·纳特·玻色（Satyendra Nath Bose，1894 年 1 月 1 日—1974 年 2 月 4 日）印度物理学家，专门研究数学物理。玻色最著名的研究是二十世纪二十年代早期的量子物理研究，该研究为玻色－爱因斯坦统计及玻色－爱因斯坦凝聚理论提供了基础。玻色子就是以他的名字命名的。

⑦当这种努力遇到困难时，普朗克总想采用“折中”的办法来对待所面临的局势。必须指出，在科学工作中，这是一种慎重的、认真的态度，虽然看起来不那么“革命”，然而很有必要。对于新兴的量子力学，作为发现者的他并不完全认同它的一些观点，因而他在几年的时间内做出了一些努力，企图找出恒量 h 的所谓“经典解释”，但都因无法自圆其说而宣告失败。

⑧矩阵力学是量子力学其中一种的表述形式，它是由海森堡、玻恩和约尔丹（P. Jordan）于 1925 年完成的。矩阵力学的思想出发点是针对玻尔原子模型中许多观点，诸如电子的轨道、频率等，都不是可以直接观察的。反之，在实验中经常接触到的是光谱线的频率、强度、偏极化，与及能阶。海森堡计划创造一个理论，只是用光谱线的频率、强度、偏极化等观念。他

的做法是受到爱因斯坦在相对论中对时间、空间作“操作定义”分析的影响。

⑨普朗克认为将来的理论将用不着关心观察者对所观察的对象的干扰，因为物理学“从一开始”就是把这种复杂性排除在外的，这恰好和玻尔等人的想法完全相反。他和爱因斯坦等人欢呼薛定谔波动力学的诞生，认为这种理论是“绝妙的”和“划时代的”。波动力学用了微分方程这种数学语言，所以他们认为可以重新振兴经典物理学，可之后却出现了波函数的几率解释，海森堡的测不准原理和玻尔的互补原理。新理论离传统越来越远，已经不可能回到经典物理学的时代。

⑩该条约使德国丧失了14%的领土、10%的人口、75%的铁矿、50%的煤矿、绝大多数的火车头和机动车辆，一半以上的奶牛、四分之一的药品和化工制品、90%的战舰，以及据计算要到1999年才还清的巨额赔款。

⑪后来普朗克通过邀请荷兰物理学家亨德里克·洛伦兹(Hendrik A. Lorentz)访问柏林等事件，尽最大可能修复与其他国家科学家之间的关系，减少国际科学界孤立德国科学所造成的不利影响。通过他和爱因斯坦等人的努力，德国科学家很快又被纳入国际科学大家庭中。

⑫美国科学技术史学家海尔·布朗教授引用了海森堡当年给军方的报告，该报告显示海森堡当时在从事原子弹的制造活动。

⑬泰奥多尔·蒙森（Christian Matthias Theodor Mommsen，1817年11月30日—1903年11月1日），德国古典学者、法学家、历史学家、记者、政治家、考古学家、作家，1902年诺贝

尔文学奖获得者，也是德国第一个诺贝尔文学奖获得者。他关于罗马历史的作品对当代的研究仍十分重要。他也是一个突出的政治家，曾是普鲁士和德国的国会会员。他对罗马法和债法的研究对德国民法典有着重大的影响。

⑭普朗克常数是现代物理学中最重要的物理常数，它标志着物理学从“经典幼虫”变成“现代蝴蝶”。为了从理论上得出正确的辐射公式，普朗克假定物质辐射（或吸收）的能量不是连续地，而是一份一份地进行的，只能取某个最小数值的整数倍。这个最小数值就叫能量子，辐射频率是 ν 的能量的最小数值 $\varepsilon = h\nu$。其中 h，普朗克当时把它叫作基本作用量子，现在叫作普朗克常数。

孤独旅客：爱因斯坦篇

“不说话的小孩儿”

21岁的年轻姑娘保莉妮终于见到了自己刚出世的孩子，然后，她惊呆了。

这巨大的、棱角分明的后脑勺!!!

她慌乱地向医生求助，还以为自己生了个怪物。

“别担心，这种现象很快会消失。”医生安慰道。

(几周后，这孩子的脑壳才恢复正常。)

保莉妮搂过自己的孩子。这是1879年的3月14号，初春的上午。爱因斯坦家族添了新丁。

不过此后一两年，这孩子却给父母带来不少困扰。

他不开口讲话。

许多小孩儿一两岁就咿呀学语，可他却好似没这个能力。爱因斯坦夫妇非常忧虑，联想起他出生时那硕大、奇异的后脑匀……“先天不足”“智力迟钝”……这是很有可能的。

他们只好去咨询医生，医生请他们耐心等待。

直到有一天，这孩子快三岁时，忽然嗫嚅了一会儿，接着完整，正确，清晰地说了一个句子。就像之前的沉默，都是在为这一刻打腹稿一样。

“小阿尔伯特终于会说话了。”父亲赫尔曼·爱因斯坦深感安慰。虽然他每句话都要说两遍——先是小声地，然后确认般地大声说出。

不过赫尔曼的麻烦事儿还在后面。小阿尔伯特不太合群。

“你为什么不出去玩？瞧，你的表兄弟们就在花园里，那里多有趣！”

此刻，小阿尔伯特正坐在地板上专心致志地用积木搭建高楼。他那时才五六岁，但已经能构建复杂精巧的玩具建筑。

“不，谢谢爸爸，我更愿意一个人待着。”当然，这句话他也是重复了两遍。

赫尔曼只好任他沉浸在自己的世界中，并且收下别的孩子给自己儿子的外号——无聊哥们儿。

七岁之前的阿尔伯特有点乖戾，稍不合心意就会大发脾气，甚至向自己的家庭女教师扔过椅子吓跑了她。可每当他安静下来，又会变成一个最理智，正直的孩子。虽然几乎不和同龄人玩，但他们都乐于让阿尔伯特当游戏中的裁判。

但有一件事，给这个有点古怪的孩子留下了强烈而深刻的印象。

在他四五岁的时候生了一次病，躺在床上百无聊赖，为分散他的注意力，父亲给他看一个罗盘。小阿尔伯特被这个小东西牢牢吸引住了——它以如此确定的方式行动，根本不符合那些在无意识的概念世界中能找到位置的事物的本性。

“一定有什么东西，深深地隐藏在现象后面。”可那隐藏的东西是什么呢？强烈的好奇心在那一刻击中了他，并且成为促使他追逐那伟大事业的动力之一。

上学之后，他温顺多了，很少和人产生争执。并且经常是班级第一。不过他讨厌体育——“运动让我头晕，我总是很快就累了。”如此容易疲倦的特性可没有展现在对付智力拼图和模型上，舅舅送他的小汽轮机，他可是研究得津津有味呢。

小阿尔伯特四年级时，他的雅克布叔叔送了一本关于平面几何的书。仔细阅读之后，他震撼至极。

书中的公理和证明是如此严谨，以至于无可怀疑。它是如此明晰，如此可靠——他充满了惊奇，情不自禁地想自己动手试着证明它们。

不久后，轮到雅克布叔叔惊奇和震撼了。

这孩子根据三角形的相似性原理成功地证明了毕达哥拉斯定理。

除此之外，常来家中吃饭的贫苦犹太学生塔木德也成了小阿尔伯特的益友。他经常借给他看一些科普读物，不久后，他阅读的内容愈加艰深，甚至开始自学微积分。很快，比他大 11 岁的大学生塔木德也赶不上他的进度。

有段时间他最爱的书是康德的《纯粹理性批判》。

那年他 13 岁，阿尔伯特·爱因斯坦。

童年结束了。

“奋发努力的精神劳动和对上帝本性的沉思冥想，是将要引导我通过此生一切忧患的看护神，他们安抚我，激励我，却又严厉无情。”①

“外部世界乃是一个独立于我们之外的绝对的东西，而追寻适合于这个绝对东西的定律，实乃科学生涯最美妙的使命了。”

“聪明人与天才总是惺惺相惜”

韦伯教授非常生气。

“这个阿尔伯特·爱因斯坦，竟然又没来上课。”

是的是的，在苏黎世联邦技术大学读书的时候，爱因斯坦总是想听就听，不听就直接逃课——不过他可不是宅在宿舍打游戏，而是研究自己心爱的理论物理。不仅如此，他还有一套自己的实验方法，因此对于上实验课都不热心。对于他在大学期间的表现，负责教授实验的佩尔内特教授灰心丧气地表示：“唉，爱因斯坦为什么从来不按照我的吩咐做呢。”

不去上课，就不能记笔记，没有笔记，期末就要挂科，这是一个严谨的逻辑链。可爱因斯坦何其幸运，在濒临挂科的时候遇到了一位伴随自己终生的好朋友，格罗斯曼。

这是一位标准的学霸。聪明，严谨，有条理，高大英俊，风度翩翩。

这么一个“学校的宠儿”，却倍受老师诟病，还喜欢独处的爱因斯坦。他无偿地将自己凝练清晰的笔记借给爱因斯坦帮他度过考试，这对后者来说简直是救命的锚。

说也奇怪。一个无可挑剔，一个离经叛道。两个看似如此不同的人，却一见如故。每两三个星期，他们就漫步到学校附近的“都会”咖啡店里，两个人各点一杯冰咖啡，边吃边聊。

格罗斯曼的专业是数学，爱因斯坦学物理。那时候谁也不会想到，多年以后，广义相对论的数学方面，是这位少年时代的朋友帮忙解决的。

爱因斯坦也很毒舌，有次他对格罗斯曼的弟弟说：“嘿，我猜你一定跑不快。”

“为什么啊？”

“瞧瞧你这对大耳朵！”爱因斯坦大笑：“你跑起来时肯定会受到很大的空气阻力吧！”

如果格罗斯曼的弟弟知道爱因斯坦出生时的情形，大概可以回击：“我猜你一定站不稳，因为你的后脑勺实在是太大了。”

大学里不仅有友谊，也有爱情。爱因斯坦曾爱恋过一个叫玛丽的美丽少女，可在遇到貌不惊人甚至有点跛脚，但是聪明敏锐的数学系姑娘米列娃后，他就放弃了那段恋情，全心全意地与米列娃相爱了。那时候他们经常通信，除了激情四射的告白，就是讨论当时流行的一些物理问题。

有人上物理课时都要谈恋爱，而他谈恋爱时都要聊物理。在这些通信中爱因斯坦就阐明过放弃“以太”的想法，而那是当时的人们所困扰和迷惑的。年轻的他充满创造力和野心，思维跳跃很快，而米列娃总能跟得上他的思路，她是第一个完全相信爱因斯坦理论的人。甚至在旁人看不起他的想法时，她坚决地回击道：“如果爱因斯坦坚信什么是对的话，他一定能够证明它。”

他们正是两块精密的电路板，彼此契合而绽放出耀眼的电光。

那时候，爱因斯坦要的不是贤妻良母，而是一个智力和见识上与自己匹配的人。

“你独立，坚强，像我一样。我与所有人相处时都感到孤独，除了与你在一起的时光。”

——爱因斯坦写给米列娃的信。这是能想象的最优美的告白。

好景不长，爱因斯坦毕业了。然而由于本科期间的表现不尽如人意，他找工作时遇到了不少障碍。

没错，他毕业就失业了。

即使如此他还是对未来充满信心，在信中对米列娃说：“我们要充满热情地一道从事科学工作，而且到老也不变为庸人。”他做到了，一生都拥有一颗赤子之心，不放弃对科学的追求，而米列娃后来的境遇就尤为令人叹息了。

爱因斯坦的失业似乎没有尽头，此时他家族的事业也跌入谷底，父亲又患上了重病……日子越发艰难。塔木德，这个儿时的伙伴来看他。两个人聊起困窘的生活，都感到茫茫来日愁如海。

沉默了一会儿，塔木德问他：“那么，你将来打算怎么办呢？”

爱因斯坦苦笑一下：“我现在想，大概最容易的，就是去谁家的院子里拉提琴赚钱吧。”

塔木德回答：“如果你真的要去拉提琴，那我就去学吉他，给你伴奏。”

这当然只是一时激愤，生活还要继续。为了维持生计，爱因斯坦只好在报纸上登广告，说可以辅导物理。

物理？

伯尔尼大学哲学系的大学生索洛文眼前一亮，他正在广告。

最近自己正想了解一些物理学，何不去那看看？

他敲开他的房门。

出现在自己眼前的是个衣着随意，漂亮不羁，眼神干净清亮的年轻人。看起来一点不像个严谨的物理学生，活脱一个吉普赛艺术家。

索洛文和他一见如故。

他们谈了两个多小时，本来他是去补习物理的，结果除了物理什么都聊了。

“算了，你就不用听课了，这样，你不拘形式地来看我吧，我喜欢和你聊天。”将索洛文送到门口，爱因斯坦才想起人家此行的目的。

索洛文当然欢天喜地答应了。

后来，索洛文，爱因斯坦，和他之前的补习生哈希比特半玩笑半认真的组成了一个学术沙龙，还起了个搞笑的名字：“奥林匹亚科学院”。

一个机灵，敏锐，博学广闻；一个认真，好学，富于思辨；一个独特，深邃，难掩天才之光；这样的三个年轻人聚集到一起，讨论科学，艺术，文学以及各种问题。他们一起读书——卡尔·皮尔逊的《科学规范》、马赫的《力学史评》、穆勒的《逻辑学》、休谟的《人性论》……这样的情景是很常见的：索洛文读了一页，大声说出自己的想法，爱因斯坦就马上评论到：“在这里是不合时宜的，首先……”哈希比特接口道：“不，你曾说……”“难道你不相信？”他们从中午争论到下午，从楼上争论到楼下，有时哈希比特一只脚已经在门外，还被爱因斯坦拽住一只胳膊：“等一下，我忽然有了新的想法。比如……”他们对事物的看法各不相同，有时争论到第二天早上。

思想争锋的间隙他们偶尔吃一点东西补充能量——这些困窘的青年们的晚餐也不过是香肠、干酪、蜂蜜水，但是大家都很开心。兴之所至，爱因斯坦就拉一段小提琴，要么听索洛文念一段索福克勒斯的悲剧《安提戈涅》或塞万提斯的《堂吉诃德》。

“奥林匹亚”没有众神，却有一群在困苦中依然热爱生活的年轻人。

他们个性不同，观念不一，可是依然和谐地分享彼此的生命。

聪明人和天才总是惺惺相惜的。

“把人们引向艺术和科学的最强烈的动机之一，是要逃避日常生活中令人厌恶的粗俗和使人绝望的沉闷，是要摆脱人们自己反复无常的欲望的桎梏……他用这种图像及其构成作为他的感情生活的重心，以便由此找到他在个人经验旋涡的狭小范围里所不能找到的宁静和安定。”

“四个四重奏”

这是奇迹年，1905年。

在这一年里，爱因斯坦写了六篇论文，其中有四篇在三个领域内起到了开疆辟土的作用。他用这四篇论文初步建立了自己的理论，还顺手解决了当时的几大难题。

四篇论文，犹如四个伟大的重奏，在物理学领域激起一场绚丽的风暴。

第一重奏：分子运动理论

1827 年的一个普通的夏日，英国植物学家布朗用显微镜观察水中悬浮的克拉花花粉，这时他惊奇地发现，花粉颗粒在不停地做无规则运动。

布朗觉得这个现象很有趣，他猜想花粉虽死了，但它内部还残留着一种生命潜力，促使花粉不断地运动。为验证猜想，他扩展研究范围，观察其他的花粉、煤粉、岩石粉、金属粉，都看到类似的现象，于是他在 1828 年 6 月和 8 月接连发表了两篇论文，宣布了这个发现。后人将这现象称为“布朗运动”，但当时没人知道产生这现象的原因是什么。一时间，许多科学家们都对此产生兴趣，希望能指出其原理。1860 年英国物理学家麦克斯韦根据他自己建立的分子运动论对“布朗运动”做了初步解释。但长久以来，这个现象背后的真相，人们仍未看清。

这个问题没有解决，科学的巨轮依然向前行进。新的问题不断出现——关于原子和分子是否存在的争论甚嚣尘上，许多物理学家都卷入争论中。

自古以来，东西方哲学家都提出过原子论的构想，但这只是一种哲学思辨。直到 1803 年，英国化学家道尔顿在自己实验的基础上，全面阐释了自己的原子论思想，使其走上科学道路，并成为 19 世纪化学诞生的基础。虽然一些人接受了“原子—分子模型”，但原子、分子的确凿证据却未被发现。

1872 年，奥地利物理学家玻尔兹曼提出了著名的“玻尔兹曼动理方程”。（随后又提出了 H 定理。H 实际上指的就是负熵）②玻尔兹曼方程描述了由分子组成的气体的统计性质，他将宏观概念的熵与微观粒子的相互作用过程联系起来，且概率随时间变化。玻尔兹曼是原子论的坚决捍卫者。

而1892年，物理化学家奥斯特·瓦尔德却提出："世界上的一切现象仅仅是由于处于空间和时间中的能量变化构成的"物理和化学的根基建立在"能量"这个实体之上，这否定了原子和分子的存在。

"原子论"和"唯能论"的争论一触即发，在科学界有巨大影响力的恩斯特·马赫也支持这个观点，以至于许多著名的科学家也拒绝承认"原子"的实在性。

没错，你说原子和分子存在，那么，它们在哪里呢？

终于，爱因斯坦出场了。

这天爱因斯坦正和自己的好朋友贝索喝茶，在向茶中加糖的时候他忽然灵光一现——为什么不试着测一下糖分子的大小呢？

1905年4月和5月，爱因斯坦写了两篇论文：《分子大小的新测定法》和《热的分子运动论所要求的静止液体中悬浮小粒子的运动》。他的思路是这样的：先利用流体力学的知识，把水看成是一种不可压缩的均匀流体，将糖分子看成全同的刚性球形粒子。然后再用统计的方法，得出糖分子扩散的规律。[而在这种不离解的稀溶液中溶质的分子的大小，可以从溶液和纯溶剂的内摩擦，以及从溶质在溶剂里面的扩散（率）求出来。只要一个溶质的分子的体积大于一个溶剂分子的体积就行了。]

糖水当然是粘的，爱因斯坦又把糖在水中的迁移率和粘滞度代入计算扩散速度的数学方程，很自然就得到了阿伏伽德罗常数。

而在《热的分子运动论所要求的静液体中悬浮粒子的运动》中，他再次用统计的方法得出悬浮粒子不规则运动的均方根位移公式，间接证明了分子的存在。（爱因斯坦还写了第三篇论文：《关于布朗运动的理论》，这里他给出了在室温下，直径为 1 μm 和密度 $\rho = 1\ g/cm^3$ 的小物体，在水中发生平动和转动的最小时间间隔大约是 10^{-1}s。）

3 年后，法国物理学家佩兰用实验测定了布朗粒子的平均质量和平均半径，并观测了布朗粒子在每隔 30s 的位移平方的平均值，得出了与爱因斯坦的理论相一致的结果。

爱因斯坦这两篇论文看似得来容易，但却为重要的统计理解奠定了基础，还深刻地影响了其他领域的研究。他不但证明了原子和分子的存在，还发展了分子运动理论。

爱因斯坦轻松地解决了两大难题，可好戏还在后头。

第二重奏：光量子假说

1839 年。那时亚历山大·贝克勒尔刚满 19 岁，这天他在协助父亲研究将光波照射到电解池所产生的效应时，意外的发现竟然产生了额外的伏打电势——也就是说，当光照在物体上时，一些电子逸出物体表面了。

这种现象后来被人们称为光电效应。但为何会有这种奇怪的现象呢？

和原子论一样，对于这种现象背后的本质，科学家们给出了各种解释。1900 年普朗克提出了量子假说，认为能量是不连续的，这就能调和经典物理学理论研究热辐射规律时遇到的矛盾。可这个理论虽然给人们打开了新的思路，却也使科学家们的视野变得更加诡谲了。

爱因斯坦却在普朗克对自己开辟的道路迷蒙不前时，坚定地在这“大雪地”上留下了脚印——他开始试着以量子化的方法研究当时人们认为只有波动性的光。如果能和测定电子一样，每“份”光都有着确定的能量，那么光就不再是单单电磁波这么简单。

1905年他发表了《关于光的产生和转化的一个启发性观点》：认为光的能量在传播、吸收及产生的过程中都具有量子性，单个的光将普朗克所说的能量子传达给了单个的电子，使电子具有逸出的可能。光是一粒一粒运动着的粒子流，这些光粒子称为光子，不同频率的光波对应光子的能量不同。

在此基础上，就可以量化分析光电效应。由能量守恒定律，爱因斯坦给出了这样一个关系式：光子能量 = 移出一个电子所需的能量 + 被发射的电子的动能能量。这样，光电效应方程就顺理成章地出现了：

$$h_v = (1/2)\ mv^2 + \mathrm{I} + W$$

（式中（1/2）mv^2 是脱出物体的光电子的初动能。）

他的想法非常简明清晰，得出的结论又是那么符合逻辑。

但是这貌不惊人的理论可扬起了滔天巨浪：这说明了光具有粒子性。

可是光有干涉和衍射现象③，当时许多科学家认为光是一种波，具有波动性。

如果人们相信爱因斯坦，就不得不承认光具有波粒二象性的特征，不仅与光的波动理论相悖，也完全违背常识：光到底是粒子还是波？万事万物难道不应该有一个确定的本质么？

事实上，连爱因斯坦自己都觉得不可思议，以至于每次提起它时，总要加上“最革命的”几个字来修饰。然而正是这个离经叛道的光量子概念，直接为以后德布罗意的物质波理论的建立，以及随后量子力学的建立开辟了道路。

每一个新理论诞生时都要经历一番怀疑与波折，一时间信奉波动性的科学家们希冀通过实验来击溃爱因斯坦。1917 年，美国物理学家密立根做了油滴实验。这与爱因斯坦的光电效应实验有相同之处，即把曾经认为连续的物质视为粒子来重新研究。

但实验结果一出来，密立根却只能苦笑了，他本意是想驳倒爱因斯坦，但结论却相反。他反而给光量子理论提供了坚实的实验结果做支持。

讽刺的是，以保守著称的诺贝尔评选委员会在十几年后，以这个理论为由给爱因斯坦颁了奖。

因为那时候已经不是爱因斯坦要得奖，而是奖项必须给爱因斯坦，无论以什么名义。

第三重奏 & 第四重奏：狭义相对论与质能方程

这是 1905 年一个初夏的傍晚，万事如昨。但假若当时在街上穿梭的人群稍加留意，就会看到一个有着乱蓬蓬头发的年轻人正对着自己的朋友手舞足蹈。他一会儿指着附近的一个钟楼，一会儿又指了一下更远处的郊外的钟楼，他那般兴奋，像孩子一般：“看，时间并不是绝对的，时间和信号速度之间存在密不可分的关系！两地时钟的同步性应该重新考虑了！”

在那一刻从伯尔尼的大街上路过他的人群是多么幸运：他

们在与一个伟大的灵感，一个绝妙的理论轻盈地擦肩而过。

这应该是科幻作家们最喜爱的理论了。而在它诞生于爱因斯坦的头脑中之前，人们普遍认为空间与时间是各自独立的。虽然洛伦兹和庞加莱在对时空性质的探究中做出过尝试，但是那一层窗户纸还是没人去捅破。物理学家们都知道自己离真相很近了，可怎么都无法靠近它。

在爱因斯坦还是个十几岁的少年时，他就经常想象这样一个情景：按照传统的牛顿力学，无论一个人受力多么小，只要加速的时间足够长，理论上这人最终都可以达到甚至超过光速。那么，有没有一个能以光速运动的人呢？他将看到什么？

假设人在静止时，有一列波在他旁边经过，那么按照常理，这波应该呈规则的峰谷交替的振荡形式。但假如人和波的速度和运动方向都相同，在人看来，波的振动现象就会消失。

这真是个神奇的景象，而且很合逻辑。可已被视为物理学大厦基础的麦克斯韦方程组却并没有提供这一可能性。难道方程组是错误的？

福尔摩斯说过，一旦你排除了所有不可能，那么剩下的，不管多么不可思议，那就是事实的真相。

如果方程组是没错的，那么剩下的可能就是：观察者不能以光速运动。

那个追光者永远是失败的，因为他永远追不上一束光。

爱因斯坦继续思考下去——

根据伽利略原则[④]，所有作均匀相对运动的观测者都应该得到同样的物理规律，在惯性系中发生的任何一种现象都无法判断惯性系本身的绝对运动状态。这已被他的一些实验证明有效。

可在麦克斯韦的电磁场论里，这个原则却失效了。因为那时候麦克斯韦还没有放弃“以太”的概念，仍然认为以太中静止的物体为绝对静止，相对以太运动的物体为绝对运动。即光通过以太传播，地球在以太中运动，换句话说，即以太对地球运动。

然而“以太”的观念是如此深入人心，许多物理学家都难以对它产生颠覆性的怀疑。爱因斯坦却敏锐地意识到，“以太”也许是不存在的（之前迈克尔逊—莫雷的以太漂移实验⑤也证明了这点），电磁场应该是一种独立的、物质存在的特殊形式。

如果“以太”不存在，情况是不是就更清晰了呢？

爱因斯坦情不自禁地在纸上算起来。

他忽然意识到，分析时间这个概念不能绝对定义，时间与信号速度之间有不可分的联系。只要人们还抱着时间的绝对性或同时性的绝对性这个概念，就难以跳出过往时空模式的牢笼。

为了使所有观测者都测得相同的光速，就必须改变我们对时间和空间的传统概念——时空是相对的！

这年9月，爱因斯坦发表了《论运动物体的电动力学》。

这是一篇没有脚注也没有参考文献甚至没有致谢的文章，但它是举世无双的。

论文中爱因斯坦阐述了狭义相对论的基本原理：

下面的考虑是以相对性原理和光速不变原理为依据的，这两条原理我们规定如下：

（1）物理体系的状态据以变化的定律，同描述这些状态变化时所参照的坐标系究竟是用两个在互相匀速移动着的坐标系中的哪一个并无关系。

（2）任何光线在“静止的”坐标系中都是以确定的速度 c 运动着，不管这道光线是由静止的还是运动的物体发射出来的。

其中第一条就是相对性原理，第二条是光速不变性。整个狭义相对论就建筑在这两条基本原理上。

这是对光的波动理论的自然而优美的继续。它是如此的和谐统一，简单对称。

狭义相对论⑥不仅让人们重新思考起自己与时间、空间的联系，还使人们得以抛弃牛顿式的经典法则，即动量等于质量乘以速度，而必须采用一种新的、与速度有关的相对质量。

在这个新的理论中，时间跟速度有关，质量就是一种能量。物体是它的质量所含能量的量度，任何惯性质量都可以理解为能量的一种贮藏。

按照这个思路，爱因斯坦不仅建立了一个全新的时空观，还给人们留下了一个著名的公式——也许是世界上最有名的公式了。

它的原理和思想不仅被物理学家们反复琢磨，被应用于无数个领域发挥能效，还被普通的人们反反复复地演绎进电影里，吟唱在歌曲中，涂鸦在艺术家的画笔下，影印在摇滚青年的 T 恤衫上。

$$E = MC^2$$ ⑦

它是如此简洁，如此有力度，又如此深刻地刻画了世界的本质。

这个公式告诉我们，质量与能量是可以相互转换的。

听起来多么不可思议却又激动人心。想到每一个存在于这星球上的事物都蕴藏着巨大的能量，就会对了解自然产生更强烈的渴望。不仅如此，大到山川河流，小到我们每一个人类个体，都可以与光的平方相乘，换算出自己的能量值，就不得不对宇宙的理论体系产生更深的敬畏和感动。

可揭示如此壮阔图景的公式竟然这样轻巧优美；这么一个伟大的思想产物，竟然如此生动，如此可以为人所理解。

简直像获得一个魔法球。你初见它时虽隐隐觉得它暗藏灵动，可它这么小，看起来如此简单，谁能想到当你将其掷地而做金石声时，竟能从其中粲然出现一座辉煌的殿堂！

其震撼和壮美，难与君说。

这四篇论文，犹如四枚光彩夺目的火箭，在黑暗的夜空突然释放，一道道短促却强烈的光，正将那片广阔的未知，悠然照亮[⑧]。

“科学事业有一定的独立性，那正是我非常喜爱的。”

“从那些看来同直接可见的真理十分不同的复杂现象中认识到它们的统一性，那是一种壮丽的感觉。”

“他相信自己有能力在恶中看到善，在暮色里发现黎明，能破译由命运慷慨赋予它的符号，无论可见还是不可见的。”

作者评论：当我收集到爱因斯坦1905年这一年的资料时，满脑子都回荡着一个激烈的声音：

爱因斯坦写出第一篇论文！第二篇！爱因斯坦完成了一次双杀！写出第三篇论文！第四、第五、第六篇！爱因斯坦正在大杀特杀！爱因斯坦已主宰比赛！爱因斯坦完成了一次疯狂杀戮！爱因斯坦已经杀人如麻！爱因斯坦正在暴走！爱因斯坦已经无人能挡！真是开了大挂。使人怀疑有一个五维空间的生命，正在指导他前进，一步两步，一步两步，一步一步似爪牙！似天才的步伐！

那么来说正事儿。

从前文看，爱因斯坦的青年时期一直在与传统观念做斗争，给人一种错觉，好像每个新生事物的前景都是困难重重，为什么当时的人们不能鼓励这些开拓者，和他们一样，致力于开辟新的道路呢？我曾看到这样一个回答："开辟新道路之所以困难，是因为人类对自然乃至社会和人类自身认识的历史，在某种程度上就是不断从'人为的绝对'框架中解放出来的历史。破除这种绝对是非常艰难的，不仅需要思想心态的转变，还必须伴有实在的证据来支撑。"

科学正是一个小径分叉的花园，里面有走旧了的老路，任人悠闲观赏徜徉，不费吹灰之力就能从中得到乐趣；可还有一部分人却想探寻隐秘的小径，发现那些未被世人所识的意外之景。老路与新路并不会真的阻隔对方，一条路会引向另一条路。而穿行其中，在每一条路上都遇到的绮丽景象，才值得人们以一生去探寻。

相关：（来自王德云《狭义相对论的建议及其意义》）

狭义相对论建立以后，对物理学发展起到了巨大的推动作用。并且深入到量子力学的范围，成为研究高速粒子不可缺少的理论，而且取得了丰硕的成果。然而在成功的背后，却有两个遗留下的原则性问题没有解决。第一个是惯性系所引起的困难。抛弃了绝对时空后，惯性系成了无法定义的概念。我们可以说惯性系是惯性定律在其中成立的参考系。惯性定律的实质是一个不受外力的物体保持静止或匀速直线运动的状态。然而

“不受外力”是什么意思？只能说，不受外力是指一个物体能在惯性系中静止或匀速直线运动。这样，惯性系的定义就陷入了逻辑循环，这样的定义是无用的。

相对论导出了不同惯性系之间时间进度的关系，发现运动的惯性系时间进度慢，这就是所谓的钟慢效应。可以通俗的理解为，运动的钟比静止的钟走得慢，而且，运动速度越快，钟走得越慢，接近光速时，钟就几乎停止了。

尺子的长度就是在一惯性系中“同时”得到的两个端点的坐标值的差。由于“同时”的相对性，不同惯性系中测量的长度也不同。相对论证明，在尺子长度方向上运动的尺子比静止的尺子短，这就是所谓的尺缩效应，当速度接近光速时，尺子缩成一个点。

由以上陈述可知，钟慢和尺缩的原理就是时间进度有相对性。也就是说，时间进度与参考系有关。这就从根本上否定了牛顿的绝对时空观，相对论认为，绝对时间是不存在的，然而时间仍是个客观量。它还要求物理定律要在坐标变换（洛伦兹变化）下保持不变。经典电磁理论可以不加修改而纳入相对论框架，而牛顿力学只在伽利略变换中形势不变，在洛伦兹变换下原本简洁的形式变得极为复杂。因此经典力学与要进行修改，修改后的力学体系在洛伦兹变换下形势不变，称为相对论力学。

这是一种截然不同的现代时空观，是对传统时空观即牛顿绝对时空观的一种否定和超越。时空一体与物质运动相互关联，具有相对性。相对论的时空观实际上就是时空是个统一的连续体。狭义相对论寻求的是不同惯性系中的共性即“不变性”。除引力问题外，狭义相对论能完美地解释所有惯性系中已发生的许多现象。

物理规律的对称性，指的是在某种变换下的不变性，即自然规律对于任何参照系而言都应具有相同的数学形式。洛仑兹变换的数学形式保证了伽利略的相对性原理之对称性的扩大，其适用范围更广了。奇异与和谐是对立统一的，和谐是美，但奇异更美。狭相对论消除了经典力学绝对时空的幻想，代之以新的时空观，即相对论的时空观，论证了“时间和空间是物质的运动形式”的论断。由此开辟了人类认识自然界的新途径。自狭义相对论以后，物理学家们看待对称性的思路发生了根本性的转变。因此，就对 20 世纪物理学的影响而言，对称性特征对物理学的影响最大。当爱因斯坦把时空统一的观念引入到 20 世纪的物理学中，就意味着也把对称美引进了 20 世纪的物理学中。相对论使我们意识到：我们不应该错误地把对自然界的分析当作自然界本身，正如我们不能错误地把人体解剖后的器官当作活人本身一样。因为，自然界本身显示给我们的时间、空间和物质是一个有机整体。由此可见，新理论的革命性观念已经把我们的注意力引向接受思维模式的态度方面。

“等闲变却故人心”

“请大声跟我说话，”爱因斯坦刚踏入房门，就被这句吼声吓了一跳。

“我不仅性格惹人讨厌，而且还是个聋子。”屋里的人从自己浓密的胡须里抬起脸来，这正是大名鼎鼎的恩斯特·马赫（他在物理宇宙学研究中提出了人们熟知的马赫原理）。这位实验物理学的专家已经年迈，可却越发固执。他认为原子是无法直接观测到的，所以激烈地否定原子的实在性。

这是 1911 年，爱因斯坦刚接受了在布拉格的教职，顺便前往维也纳去拜会这个领袖。可马赫完全给了他一个下马威。爱因斯坦不厌其烦地试图让马赫能接受该观点，最后他灵机一动："如果我们假设存在气体原子，我们就能预言该气体的一种可观察的特性，但若你否定原子论，就无法做出这种预言……要这么说的话，现在，你能接受这个假说么？"

马赫一时语塞，只好勉强回答道："如果你们那种原子假说可以用来在一些可观察特性之间建立起联系，而不这样做这些特性就会保持孤立的话，那么我愿意承认，起码这个假说是比较省事儿的。"

话说到这个地步，对于马赫来说已是让步的极限了，爱因斯坦在得意之余也捏了一把汗。

而当他与洛伦兹相处时，情况就完全不同了。爱因斯坦也去了洛伦兹的书斋，这个安逸闲适的地方坐落于荷兰小城莱顿。他尽可以踏入洛伦兹的家门，舒舒服服地在那张大工作台旁的安乐椅上坐下，听年迈的洛伦兹谈论引力场中光线弯曲理论的问题。洛伦兹满头白发，语气平和，正是爱因斯坦童年里缺失的那慈父的形象。他常常如父亲般看着陷入沉思的爱因斯坦，面带微笑，他完全相信这个年轻人能够解决他所提出的难题，同时又渴望看到他会如何解决。通常情况下，在一些紧张的计算或思索后，爱因斯坦会抬起头来粲然一笑——他找到答案了。

爱因斯坦到布拉格任职后，经济状况稍稍改善了些，可事业上的进步并不能解决家庭生活的矛盾，爱因斯坦和米列娃的裂痕越来越深。这边，爱因斯坦声名鹊起，在欧洲巡游讲演；另一边，米列娃却陷入病痛的折磨，她早年如此心高气傲，如今却没有取得任何成就，心中愤懑极了。爱因斯坦出去讲演时她曾给他写信："我很想在那里听上一听，亲眼看看所有这些杰出人士……自从我们分别以来，时间好像已经过了很久很久，你还会认得我吗？"结尾是她忧郁的署名："你的老 D"。D 是多莉的缩写。许多年前他们热恋的时候，爱因斯坦就这样称呼她。

时过境迁，他已成为新的爱因斯坦。她却不再是那个聪慧的多莉了。

人生若只如初见。

爱因斯坦的冷漠，事业的失落，身体的病痛，天性的阴郁……重重压力让米列娃越来越神经质，与爱因斯坦吵架的次数越来越多，恶性循环，把彼此推的更远。可在此时，爱因斯坦自小熟识的表姐艾尔莎出现了。他在柏林与她再次相遇。在之后的很长一段时间里她都陪伴在爱因斯坦身旁。这个女人与米列娃完全不同，她乐观，快乐，开朗，富有情趣，善于组织起温馨的家庭。虽然她对爱因斯坦的工作完全不理解，却把他照顾得服服帖帖，使他能更轻松地投入工作。

爱因斯坦深深意识到，自己应该给艾尔莎一个交代。可他又更加明白，自己无法抛弃米列娃。

他仍然废寝忘食地工作，布拉格有很好的科研资源，虽然这里劣质的空气和水源已严重影响着妻子和儿子的健康，爱因斯坦仍不为所动。他似乎更关心自己的科学而不是家庭。米列娃曾说："他不知疲倦地研究自己的问题，可以说他纯粹就是为它们活着的……我不得不羞愧地承认，在他眼里我们并不重要，处于次要地位。”

婚姻的危机越来越大，甚至在他们为解决问题而离开布拉格，回到熟悉的苏黎世时也没有缓解。艾尔莎希望爱因斯坦能够离婚。而与米列娃跌至冰点的关系也让他觉得自己必须做出选择。年轻时的爱因斯坦和米列娃鄙视那些传统的关于婚姻的观点，而艾尔莎正是一个传统的女人。现在，爱因斯却要离开米列娃，渴望在艾尔莎身上找到那种安逸的家庭生活。

等闲变却故人心，却道故人心易变。

在这段焦头烂额的离婚时期，似乎在对科学的探索中才能找到那安静的圣地。爱因斯坦曾说：“在这种情况下，我对科学的爱愈发执著，因为它使我从泪水的苦海中无怨无悲地升至宁静之地。”于是爱因斯坦更加废寝忘食地投入研究，一心扑到推广自己的相对论的工作中。

“我们在天上的光”

“跑快点！伊蕾娜，我要追上你了！”

“嘘，等等艾芙，你快看阿尔伯特先生！”

艾芙站住细看，忍不住大笑起来。原来阿尔伯特·爱因斯坦正着了魔似得沿着悬崖边走，还试图跨过一块大石头，像看不到路，也没意识到自己在做什么。忽然他停下来，猛地回头，紧紧抓住自己母亲的手臂，大声说道：“夫人，你说当一个电梯坠入真空的时候，里面的乘客们会怎么样？就好比说，这次我们坐着升降机上山，突然吊索断了，我们又会有什么感觉呢？”

伊蕾娜和艾芙跑到自己母亲身边，听了他这样一番话，不由得哈哈大笑起来。

“您想要我们现在就亲身体验一下吗？”端庄美丽的女人揽过自己的孩子，微笑着回应。

“夫人，其实您来苏黎世前我就一直在思考这个问题：如果一个人在自由下落中，那他不会感到有重量，这是因为加速系中有一个新的引力场，被地球引力场抵消了。可如果一个自由下落的人在做加速运动，那么在加速参照系里会有什么感觉呢？”

他说的话真是难懂又有趣，孩子们想。爱因斯坦精神焕发，眼睛总是赤诚地亮着，看起来就像一位年轻的贝多芬。

“确实是有趣的问题，我期待你对这一问题的进一步研究。”对面的夫人回答。

爱因斯坦挠挠自己蓬乱的头发，意识到不该在此时谈论科学问题：“我会的，谢谢您，居里夫人。”

告别这位物理学界的奇女子后，爱因斯坦回到居所继续思考他的问题：1905 年的狭义相对论虽然取得了一点成功，但他一直对引力和非惯性系这两个问题耿耿于怀。牛顿的引力理论认为引力以无穷大的速度传递，这与光速最大的理论不符；狭义相对论还被限制在相互之间具有恒定速度的参照系中，但事实上是很难找到真正的惯性系的。

这边，人们还没彻底搞清狭义相对论是怎么回事，那边，爱因斯坦已经决定做广义相对论了。

普朗克的劝告很直接：“不要搞什么广义相对论，即使搞出来了也没有人会信的。”

不管你们信不信，爱因斯坦可是开始研究了。

还是思考那个升降机。

他闭上眼睛，仿佛身处黑暗的宇宙。一架升降机在那里出现，他走进去，发现自己处于失重状态，飘在空中。这时升降机以地球重力加速度匀速直线上升，他感到自己恢复了体重，又踏在了地上。

接着升降机下降，同样的感觉再次袭来。

前一种情况自己是受到惯力，后一种情况受到的却是引力……也就是说，无论受到哪种力的作用，自己的感觉都是一样的。

只要加速系的加速度等于引力场强度，惯性力场就等效于引力场！

爱因斯坦睁开眼睛。他看到一米阳光正射入办公室的地面。

如果是一条平行射入的光处于宇宙的升降机里，光线会不会也发生同样的状况呢？

许多年就这么过去了。

这期间，有朋友去世，有孩子诞生，物理学界出了好些新理论，而世界也不太平。

但爱因斯坦依然在思考那个问题。他穿着睡衣在办公室里写写算算，只穿着袜子在房间的地板上徘徊。外部的政治纷纷扰扰，个人的家庭生活由陷入混乱，可在这种情况下，爱因斯坦仍保持了惊人的专注力，把科学工作安排得井井有条。1914年他来到柏林任职，可他此时却没有过分关注当时流行的量子论，而是继续聚精会神地研究相对论。他离开米列娃搬到了栋离艾尔莎更近的房子独自进行研究，书房里是一张巨大的木制写字台，摆满了各种论文和资料，屋子里也到处摊着写满算符的纸张。

这回，爱因斯坦已经两个星期没下楼了。

时空，物质，引力……

时空中的物质是怎样影响其周围的时空几何的呢？

“广义相对论……时空弯曲……”

他仿佛再次来到了浩瀚宇宙中。他看到多年前的知识图景：行星束缚住它的卫星，是因万有引力相互吸引。

不，不对。爱因斯坦忽然看见一张网，它原本平铺在宇宙之中，现在这两颗星星落到网上，将那个部分压弯了——它们之所以看起来是在相互靠近，是因为它们的质量压弯了那个区域的时空，所以它们就沿着弯曲的网滚到一起了。

引力场其实就是物体周围的时空弯曲，物体受引力作用而运动，其实是它在弯曲时空中沿短程线的自由运动……广义相对论的核心思想就是引力源于时空弯曲，这意味着引力就是几何——引力其实是时空的几何特性。

牛顿的引力理论，和狭义相对论的原理，都不过是广义相对论的一种特殊形式罢了！

物质的分布决定着空间的曲度，而物体的运动反过来改变这个曲度……爱因斯坦需要找到描述两种互补过程的数学方程，即引力场如何作用于物质，规定物质如何运动，反过来，物质如何产生时空中的引力场，规定时空如何弯曲。引力可以定义成时空的弯曲，从而可以通过一个度规张量来表示，因此当务之急是构建一个引力场方程——这应是一个二阶非线性偏微分方程组。

这种方程的求解极为困难，爱因斯坦并不擅长数学，虽然对结果很有信心，可他怎么也推导不出，纠结中他给自己少年时代的好朋友格罗斯曼写信：“你必须帮助我，否则我会发疯的。”

格罗斯曼此时已经是一位有名望的数学家，他并不推崇物理学，可，这是自己最好朋友的请求啊。

格鲁斯曼发现这个方程应该是非线性的，于是给他推荐了黎曼几何。

当爱因斯坦站在石门前，他知道石门背后就是闪闪发光的真理，可他打不开门。

而他的朋友，却及时将一把开门的钥匙，送到了他的手中。

“在心灵深处，我完全相信自己得到了正确答案。”

爱因斯坦慢慢走下楼梯，他头发蓬乱，脸色苍白，但消瘦的脸上，眼睛还是那么明亮。

“我知道了。”

广义相对论就此诞生。

这是个复杂的式子，少了简洁，多了思索。

这是1915年，距离他创立狭义相对论的那个夏日，已经整整十年。

面壁十年图破壁，不破楼兰终不还。

广义相对论中太阳引力使空间弯曲的理论，很好地解释了水星近日点进动[⑨]，还预言了引力红移（即在强引力场中光谱向红端移动，在20年代的天文观测中得以证实）[⑩]。

而最精彩的预言，与一场伟大的观测有关：1919年，在英国天文学家爱丁顿的鼓动下，英国派出了两支远征队分赴两地观察日全食，如果光线偏转为1.7弧度，则可以通过实验来确认广义相对论的结论是正确的[11]。

广义相对论还预言了引力波的存在，而百年来人们对引力波的探索，又是另一个连接时空的壮丽故事了。

“时空的涟漪”

转眼到了 1918 年。爱因斯坦正陷于与米列娃的离婚官司中，不过前路已经很明晰了，离婚申请被通过，他也即将拥有一位新的妻子——艾尔莎。家庭生活不再那么使人烦闷，这使得他有更多时间思考自己的广义相对论理论。

爱因斯坦建立的引力场方程在真空弱场条件下的解，同麦克斯韦电磁场方程的解具有相似的形式。而根据麦克斯韦电磁场理论，加速运动的带电体会产生交变的电磁场向周围传播，即产生电磁辐射波。爱因斯坦据此想到，按照广义相对论原理，做加速运动的物体也应当会产生变化的引力场，并且向周围传播，这就会产生引力辐射波。这种引力辐射波是时空结构变化的表现。

爱因斯坦认为，广阔无垠的宇宙中，时间和空间就如同一幅幅平整的布匹，而当它们存在一定的高度集中的质量或者高度集中的能量时，这些质量或能量就会使其附近的时间和空间发生卷曲。时间和空间场的卷曲会产生引力。卷曲非常小时，会产生如同太阳系各星球之间由于万有引力而存在的运动现象，这种运动现象可以用经典力学来解释。可当卷曲很强时，会呈现出一种非常强的非线性形式，这时空间的进一步卷曲可以由空间的自身卷曲产生，而不需要任何附加的质量或者能量存在。

处在引力辐射场中的物体的大小和形状也会在引力波的作用下不断变化，可引力比电磁力弱很多，这种变化太微小了，以至于人们没办法测量。虽然爱因斯坦对引力场方程取近似值后得到了波动解，但人们还是怀疑引力波的存在，直到上世纪30年代，他和罗森在场方程中求得严格的柱面波解，于是这种理论才被人所接受。

爱因斯坦还预言，引力波应该是横波，它在真空中是以光速传播的。

如果我们把平坦的时间和空间场看成一个完全对称的圆球面，当其受到引力波影响时，场在某个方向就会不断地产生压缩和扩张，而在与其垂直的方向上则会不断地产生扩张和压缩。就像一个跳跃的皮球，在跳动过程中不断发生形变，这个变化不断向外传播。更通俗的讲，好比几片树叶飘落在平静湖面，搅扰起一圈圈不断扩散的波纹，引力波，正是时空的“涟漪”。如此我们可知，除非我们非常靠近这片“树叶”，或者这片树叶的重量极大，否则很难观察到它扰动出的波纹。因此在宇宙里，只有非常大的天体才会发出较容易探测的引力波（如超新星爆发或两个黑洞相撞，而这种情况非常罕见）。

那么，虽然理论上引力波是存在的，可谁能证明？我们又怎么去证明？

一代又一代的科学家们开始了他们的探索之旅。

时间过去了40年。

上世纪60年代，美国马里兰大学的Joseph Weber开始了一番冲锋。

由于引力波特殊的性质，它几乎不和任何其他物质发生作用，它寂静地穿行在宇宙中，无法直接观测。幸而引力波与引力波之间会发生相互作用，人们也就可以用间接方法来探测引力波的存在。

Joseph Weber 想到了一个办法，他利用在空间悬挂着的巨大实心铝圆柱及一系列压电晶体传感器，来测量引力波影响下所产生的应变情况。具体做法是这样的：这个引力辐射探测器的主体是一根长 1.53 米、直径 0.66 米、重达 1.4 吨的圆柱形铝棒，它悬挂在真空环境中，周围尽可能没有干扰性振动。如果有引力波垂直扫过来，就会激发铝棒振动。这些铝圆柱在振动中的能量损失很小，其自振频率在 1 kHz 以上。因此这种振动虽然很微弱，但是可以通过该棒中间附加的压电应变转换器变换为电信号检测到。这就是最早的引力波望远镜。

为了排除干扰，他还在 1000 公里之外芝加哥附近的阿岗国家实验室安装了一个类似的仪器。这样如果两台仪器同时做出反应，就说明有引力波通过了。不久他发表文章称探测到了信号，可是由于它探测到的数据不符合理论模型，所以人们认为 Weber 得到的信号可能并非引力波，只是噪声而已 。

时间过去了 50 年。

用铝棒不行，用激光干涉法可不可以？

那一年是 1974 年，美国马塞诸萨大学的天文学家泰勒（Joseph Hooton Taylor）和赫尔斯（Russell Alan Hulse）在使用波多黎各阿雷西博天文台的世界上最大的射电望远镜研究脉冲星的过程中，发现在双星里至少有一颗伴星是双星脉冲星。他们将其取名为 PSR1913 + 16 的脉冲伴星。它是由 2 个质量与太阳质量大致相当的子星组成的双星系统的一员。根据广义相对论，由两个质量组成的二体系统，两个质量绕公共质心公转时会由于系统的质量四极矩发生改变而产生引力辐射。

也就是说，如果一个天体靠近另一个很大质量的星体运转，就会产生引力波，因此系统的总能量会减少而使轨道长半轴变小，轨道周期也会随之变短。从1974到1978年，泰勒和科学家们不断地观测这一对双星脉冲星。最后他们测定了这颗脉冲星的信号到达地球的时间，从而以极高的精确度绘出了两颗中子星的轨道。他们发现观察值为（3.2 ± 0.01）$\times 10^{-12}$，与理论计算值在误差范围内正好符合，这可以说是引力波的第一个定量证据，从而间接证明了引力波的存在。

二人因此获得了1993年的诺贝尔奖。

可是，至此，人们仍没有真正观测到引力波。它依然孤零零地在浩淼宇宙中传播，却无人听到它那壮丽的音乐。

时间过去了80年。

1991年，麻省理工学院与加州理工学院在美国国家科学基金会（NSF）的资助下，开始在路易斯安那州和华盛顿州联合建设两座激光干涉仪引力波观测台，他们将其命名为“激光干涉引力波天文台”（LIGO）。

观测台的主要部分是两个互相垂直的干涉臂，臂长均为4000米，干涉臂是L形真空管，在管的两端和转弯处有反射镜，在两臂交会处，从激光光源发出的光束被一分为二，分别进入互相垂直并保持超真空状态的两空心圆柱体内，然后被终端的镜面反射回原出发点，并在那里发生干涉。激光在弯处的镜面上通过干涉产生明暗条纹光带。如果有引力波通过，由于时空畸变，会使相互垂直的探测臂一个伸长、一个缩短，光带因此而发生变化。这样观测这些变化，就可以直接的观测到引力波。

时间过去了 90 年。

2002 年，LIGO 观测台开始启动。它们相隔 3000 千米，最大限度地排除了地震，飞机起飞，大型车辆震动等干扰因素。

虽然引力波的发射源可能功率很大，但由于发射源与地球之间的漫长距离会使得引力波的强度很弱，因此预期在地球上可观测到的最强引力波会来自很远且古老的事件，在这事件中大量的能量发生剧烈移动（如两颗中子星对撞，或两个极重的黑洞对撞）。这样的波动会造成地球上各处相对距离的变动，但这些变动的数量级只有 10^{-21}。以 LIGO 引力波侦测器的双臂而言，这样的变化小于一颗质子直径的千分之一。

2003 年开始，不断有数据传回科学家们的电脑，可是一无所获。太空之中只有永不熄灭的噪声，人们仍未找到那一抹宇宙初始时就开始传达的涟漪。

时间过去一百年。

转眼已是 2016 年，距离爱因斯坦提出相对论的年份，已过去整整一百年。

人类寻找引力波，也找了整整一百年。虽然其中鲜有进展，可在这个探索的旅程中，人们发展了微小位移的测量技术、精密隔振、极低噪声的电子技术和光电技术、高频率稳定度的激光技术，发展了大距离的精确测量、高噪声本底的数据处理技术、遥控和信号传输技术等。它们也已越来越多的应用于科学技术的其他领域，影响着我们每个人的日常生活。

2016 年 2 月 11 日，LIGO 宣布，它们已于 2015 年 9 月 14 日首次探测到引力波，证实了爱因斯坦 100 年前所做的预测，这是人类首次直接探测到引力波的存在，其后又花费数月时间验证数据并通过审查程序，才正式这个消息。美国“激光干涉引力波天文台”（LIGO）执行主任戴维·赖茨在记者会上宣布：“女生们、先生们，我们已经探测到引力波，我们找到它了。”加州理工学院的赖茨更加兴奋：“我们做到了，我们登上了这个‘月球’。”

一百年前，爱因斯坦用广义相对论准确地预测了引力波的存在，可它们是如此微弱，犹如涟漪，我们很难观测。幸而技术在不断进步，人类也从未放弃对引力波的探索。在这短暂的一百年中，我们发明工具，发展技能，终于将爱因斯坦的预言变成了一个实实在在的成就。同样的，在这漫长的一百年里，人们不断的失败，坎坷缓慢的前进，可为了这一天，所有的失败与努力，都有了他们光辉的重量。

宇宙在轰隆作响，时空在不断颤动，引力波携带着最远古的信息，穿过茫茫的空间与亿万的时间与我们相遇。我们早就知道它存在了，只是如今才真正发现它。因此基础科学所展示的美丽与庄严，足以令人心旌摇曳，胸怀激荡。

一百年前，爱因斯坦喃喃自语：我知道了。

一百年后，所有为探测引力波事业而做出贡献的人们也可以骄傲的宣布：我们做到了。

寄蜉蝣于天地，渺沧海之一粟。
而浮生若梦，为欢几何？
譬如朝露，去日苦多。
朝闻道，夕死可。

“在科学技术的发展过程中，只有不停地建造，而没有推倒……如果新的一代不是在上一代取得的成就上建造的话，就没有科学……相对论只是在击败那科学进化的过程中向前走了一步，在过去发现的理论基础上深入发展，并添加新的东西而已。”

“上帝是微妙的，但他没有恶意。”

伏尔塔瓦河蜿蜒而过，经由山丘和森林，将布拉格温柔地分隔。

这是千塔之城，当阳光照耀，金碧辉煌。

米兰、慕尼黑、苏黎世……这里与自己待过的每个地方都不同，第一眼从布拉格群山上俯瞰她时，爱因斯坦就爱上了这里。城中还埋葬着天文学家第谷，爱因斯坦结识了犹太作家麦克斯·布罗意（他写了《第谷·布拉的赎罪》，讲述了天文学家第谷和开普勒的故事）作家却在生活中找到了自己塑造的人物——他觉得开普勒就是爱因斯坦，和开普勒一样认为真理是一种不以人的意志为转移的真理，同样渴望看到一种先定的和谐，这也是他们无穷的耐心和毅力的源泉。他们在布拉格参加一些沙龙，科学家，艺术家，文学家们聚集一起，他们来自不同的国家和领域，却同样致力于了解这个世界的美妙，一同交流。麦克斯有时还会带上他的朋友卡夫卡——对，就是写《变形记》的那个卡夫卡，他也是犹太人。

就在这一时期，量子力学像只轻灵的鸟，正从一群年轻人的头脑中飞跃出来。爱因斯坦却不以为然。他一生都把量子论看作通向真正理论的前奏，而不是那个真正理论本身。这是1911年，爱因斯坦在布拉格大学做教授。研究所的书房窗外是一个精神病院，他经常对来访者开玩笑："看看这些病人们，他们不会操心量子理论。"还跟好友贝索说："我不再问自己量子是否存在了，也不想去解释它们，因为我发现自己的头脑已经无法承受这负荷了。"虽是抱怨，但这更类似于学霸每次考试后总要说的："不行了，这次题好难，我肯定过不了。"

实际的情形是，爱因斯坦一完成广义相对论，就开始着手探秘量子力学。早在他研究光量子时，就已经预见到了波与粒子的综合了。"理论物理的下个阶段将证明光是波动理论和发射理论的统一"，可是当多年后那些"男孩儿们"（量子力学一代的科学家们平均年纪才二十多岁，后人也称"男孩儿物理学"）真的"综合"了这两个特性，他却无法接受他们的观点（当然，这可能与他研究广义相对论耗费了大量的精力，无暇深入研究量子力学有关）。

他在研究中还发现，这个理论竟然允许时间和方向都是"偶然事件"，违反了经典的"决定论"，这让他迷惑不已。因此他始终认为量子力学是对真相的一种妥协："量子力学是令人惊叹的，但是有一个内在的声音在告诉我，这还不是真正的货色。这个理论有很大的贡献，但是它并不使我们更接近上帝的奥秘一些，无论如何，我不相信上帝在掷骰子。"

爱因斯坦作为科学家是不断批判创新的，可有时候也很顽固——不可避免地，他与哥本哈根派的元老玻尔之间发生了一次又一次精彩的辩驳[12]。

直到现在，余波浩荡，回音袅袅，那些争论依然深刻地影响着后人们的研究。他们到底谁更接近真理，也许只有上帝知道。

爱因斯坦虽然一直对哥本哈根派坚持的“新”量子力学持怀疑和反对态度，但他却把基于气体量子理论的“老”量子力学发展到了顶峰，还以自己一次次对哥本哈根派的审视和诘问，迫使后者更加完善了自己的理论。

不管怎么说，他照亮了前方的路。

“上帝是微妙的，但他没有恶意。(Subtle is the lord, but malicious He is not.)”(这句话后来被刻印在普林斯顿大学新建教学楼范因楼 fine Hall202 号房间壁炉的石龛上。)

“不要顺从地踏入那良夜”

爱因斯坦不想妥协。

1930 年 5 月 30 号，他领头签署了旨在反战的《全世界裁军宣言》(同时签名的还有罗素、兹伐格、托玛斯·曼、阿丹兹和巴甫洛夫)，科学家和知识分子们对着政权发出了自己的声音。

因相对论而闻名天下后，来自世界各地的邀请接踵而至。他去美国时，几乎不可能躲过当地媒体的关注，除非藏进保险柜，但即使如此，记者们还是会拍一张保险柜的照片的。

这样的盛况，令原本淡泊的爱因斯坦感到自己有责任利用这种社会地位，为和平作点努力。那年的 12 月，他发表了“战斗的和平主义”的演讲：“不妥协地反对战争，并且在任何情况下都拒绝服兵役……在规定服兵役的人之中，即使只有 2% 的人竭力主张不用战争作为解决国际争端的手段，那么政府就会毫无办法，他们不敢把那么多的人送进监狱。”

年轻人们热血沸腾，他们纷纷把2%印在自己的衣服上表示支持，可此时希特勒的军国主义思想却越来越激进，爱因斯坦有些后悔了。

面对暴政时的不作为，就是对和平的亵渎。他在一封信中写道：“一直到最近，我们在欧洲的人还能认为个人反战足以构成对军国主义的一种有效反击。今天我们所面临的却是一种完全不同的情况。在欧洲的心脏有一个强大的德国，它显然正以一切可利用的手段推进战争……在目前情况下，我不会拒绝服兵役，相反地，我会高高兴兴地参加这种服役，因为我相信，这样做我就是为拯救欧洲的文明效劳。这并不意味着我放弃以前所坚持的原则。我的最大希望莫过于在不远的将来，拒绝服兵役重新成一个为人类进步事业服务的有效方法。由于我像以往任何时候一样，在心底里厌恶暴力和军国主义，我说上面这些话是很不乐意的，但我不能对现实熟视无睹。”

这却激起了轩然大波，人们纷纷表示失望，指责爱因斯坦放弃了宣扬和平的责任。

不反抗，就会灭亡。爱因斯坦已从和平的幻梦中醒来，他比别人醒的早。他认为自己有必要大声疾呼，让所有人都从迷梦中苏醒。

终其一生，爱因斯坦都没有对纳粹低头，他也没有原谅那些刽子手，甚至因此离开了自己生长的地方，并且，在人生的最后几十年里，他再也没有回过德国。

这不由得令人想起狄兰·托马斯的一首诗：

"不要顺从地踏进那良夜
白昼将尽，暮年却仍要燃烧
怒斥吧，怒斥那光的退缩
虽然智者深知，应归于夜途
因为他们的语词未曾迸发过电光
不要顺从地踏进那良夜
好人们啊，最后一浪翻过，高呼他们的善行
于绿湾上舞蹈
怒斥吧，怒斥那光的退缩
狂人们却去抓那短促的阳光，纵情放歌
太迟了，他们的过去在为过去消逝的叹息中过去
不要顺从地踏进那良夜
而濒死之时，严肃的人们却在朦胧的视线中看到
那失明之眼，可像流星闪耀
怒斥吧，怒斥那光的退缩
……"⑬

"我相信军政府将无法阻止纳粹党的革命……军政府只会镇压公意。在我看来，强迫的专制制度很快会腐朽堕落。因为暴力所招引来的总是一些品德低劣的人。天才的暴君总是由无赖来继承，这是一条千古不易的定律。"

"最后一页"

毫无疑问，普林斯顿高级研究所的中心是富尔德楼。

这是一座新歌特风格的砖砌大楼，漂亮，俊俏。四周是绿油油的草坪，研究所的科学家们尽可以沿着大楼外的林荫小道散步，一直走到一个水波荡漾的池塘，对着天光云影进行自己的思索。他们来自不同的学派，观点多有不同，可是工作之外，却如乡亲们一般融洽：共进一杯温馨的下午茶，出席彼此的项目研讨会，在草坪聚餐……

1939 年，爱因斯坦就来到这里，度过了生命中最后的 22 年。

每天上午十点半，普林斯顿的人们总能看到一位满头白发，带着黑色毛线帽的老人在街上步行，偶尔还边走边舔冰激凌。

“您年纪那么大了，怎么还每天都去办公室啊？”

爱因斯坦调皮地吐了吐舌头：“因为在路上可以和哥德尔聊天啊。”对，就是那个提出不完备定理[14]的，神秘而忧郁的数学天才哥德尔。他生性极为敏感害羞，连身体的接触都极力避免，可对自己认准的朋友却很热情。煲电话粥爱好者，半夜或凌晨，想到哪个朋友就一个电话拨过去，滔滔不绝，话唠。爱因斯坦有段时间几乎天天去找他聊天。他们两人生长环境相似，又都在各自的领域做出了极大的贡献。英雄迟暮，惺惺相惜。

哥德尔非常纤瘦柔弱，多年来被人照顾。爱因斯坦非常担心他就这么死去。但他多虑了。最后哥德尔比所有那些健壮的朋友活的都久，也包括爱因斯坦。

他老了，已不太能拉心爱的小提琴，偶尔只是弹弹钢琴，但是不再抽烟斗了。50 岁时他曾病得很厉害，身边的一位朋友问他是否害怕死亡。爱因斯坦想了想，回答道：“不怕，我觉得我和整个世界非常亲近，我不可能突然离开。”

可每一天都有白昼消失的时候，每一本书都有最后一页。

一个毕生追逐某种超越人世的真理之美的人到了老去的时候，总会不由自主地对统一性产生出强烈的渴望——假如万法归宗，天下殊途而同归，所有的事物都统一于一个方程，那是多么美妙啊。

爱因斯坦一头扎进这片汪洋。他驾驶着孤舟向着终极冲去。他天生就适合追求这种抽象的理论概念，如果上天一定要选择一个人完成这种统一，爱因斯坦可能是最合适的那个。他一直梦想着以场论为基础，建立起整个物理学的基本理论，统一两个场，解释基本粒子的存在和性质——那是万物之理论。在量子力学出现前，他就有对这种理论的想象，即从理论上理解我们的宇宙：它的起源，它的本质，它将归于何处。

“他将毕生的精力用来思考物理学，那是一条只有他一个人行走的旅途。”

早在1928年，他就有了一个绝妙的想法：“远平行性”。1929年1月5号，他甚至兴奋地给自己的老友贝索（还记得多年前爱因斯坦发现布朗运动秘密时与他喝茶的那位吗？就是他）：“这最美好的东西经过我废寝忘食的思索和计算，已经大功告成……我一定会把这篇论文寄给你，你肯会伸出舌头啧啧称奇的。如果你不伸舌头，你就是个虚伪的家伙！”

果然，没几天爱因斯坦发表了《关于统一场论》，信心十足的认为自己已经得到了统一引力和电的理论。曾因相对论而备受推崇的爱因斯坦的这一论文也再次引起媒体的注意。

可此时爱因斯坦却陷入了尴尬，发表论文不久他就发现了自己的错误。可媒体的热捧是他始料未及的。爱因斯坦郁闷极了。此时善于挖苦的泡利则立即给出了会心一击，写信给他：“你竟然将广义相对论的推广全部抹去了。好吧，我坚持这个漂亮的理论，你尽管背叛它吧！”

爱因斯坦当然很不服气，也写信反驳，他认为自己的障碍是一时的，最终会得到解决，还和泡利打赌。

当然，整件事的结局是——两年后，泡利将得意洋洋地收到这样一封来自爱因斯坦的信：“你是对的，你这坏家伙！”

随之而来的，是漫长而反复的失败。爱因斯坦在统一场论的道路上一次次涌起希望，又一次次被最终的结果驳回。希望似乎近在眼前，可怎么走都遇不见。

绝望中爱因斯坦不禁感叹：“我不相信自己已经解释了自然的秘密，因为如果自然界要那样做的话，它就会做得彻底，而不应有所保留。那样我们就不用去寻找规律了。而实际上，所有的事情都与完美的规律相违背，即使如此，我仍一直在寻找它。如果我的发现没有任何价值，那么应该是我的错，而不是上帝的错。”

在黑暗中寻找一种可以感知却无法表达的真理的感觉，是多么孤独。自信，焦虑，恐惧，兴奋，惶惑迷茫。漫长的岁月中，只有时而给人希望，时而令人精疲力竭的探索。

1949 年，他给自己少年时代的朋友索洛文写信：“我认为我的工作中没有任何一个概念是非常牢靠的，也不能肯定我所走的是一条正确的路，但我不愿随意改变。”这年三月是他的 70 岁生日，当他走进众人为此而设的研讨会会场，三百多名与会者瞬间安静下来。这是崇敬的沉默。接着他转向众人，所有人都站了起来，向他欢呼致意。

爱因斯坦活得太久了。

在新的研究所里，一群年轻人在讨论量子力学，他们每一个都那么聪明灵动，对未来怀有强烈的希望，闪着光彩，而爱因斯坦还沉迷于他的统一场论，这是他的空中楼阁。奥本海默曾对朋友感叹说："他无可救药地落在了时代后面。"玻恩也曾经惋惜地说："我们当中许多人认为这是一出悲剧——对于他来说，他在孤独中探索自己的道路。"那时他因为疾病已经瘦得不成样子，接连几天把自己锁在书房里，只与几个人谈话，甚至好友玻尔来找他，他也避免谈及关于量子力学的问题。

这样有价值吗？一直在重复着失败？朋友们难免要问他。

爱因斯坦回答："至少，我知道 99 条道路是不通的……我明白，成功的几率很小，可努力是必要的……这是我的责任。"

可其实他们也许并不了解他。爱因斯坦生来如此，他也知道自己是孤独的。就像他曾说过的那样："我实在是一个孤独的旅客。"唯有孤独能赐予人更清晰的神智。他从来都是一个人，坚持光量子的时候是这样，追求统一场论时也是这样。现在也只是重新变回一个人而已。

而真正孤独的人恰恰与这个世界息息相关。

1955 年 3 月，爱因斯坦的老朋友贝索去世了。他在悼念中说："现在，他在我之前离开了这个奇怪的世界。这并没有什么，对于我们这些有信仰的物理学家，过去、现在和未来的区别只是一种固有的幻觉。"就像他预感到了什么一样，虽然直到那年的 4 月 11 号，爱因斯坦还在罗素反对军备竞赛的呼吁上签字。

两天后他陷入了剧烈的疼痛，但是反对人工延长自己的生命："死亡是一个人终究要偿还的旧债""想死得体面。"

4 月 17 日。这是一个星期天。可作为一个犹太人，这天并不是他们的休息日。

爱因斯坦静静躺在那里，像是睡着了。曾有那么多智慧和灵感在这颗大脑里闪光，然而此刻都归于静默。他没有一丝恐惧，安详的等待着死亡的来临。

忽然他伸出手——

“把我的演算拿来……”身边的人心领神会，立即将统一场论的计算稿拿给他。爱因斯坦翻到最后一页，反复看着，似乎还想进行下去。只是他连笔都要拿不起来了。

到了 18 号的凌晨，他忽然烦躁不安起来，朦胧中讲了几句德语。这是他的母语，虽然在生命的最后几十年，他再也没回过故乡。护士没能听懂他说什么。

十几分钟后，动脉瘤破裂，爱因斯坦的大脑熄灭了。

“生活是一件如此令人兴奋激动的事情，他令我欢愉。即使我知道，我三个小时之后就可能死去，这样丝毫不会影响我。我会仔细考量，如何最好地度过这三个小时，然后，安静地整理好我的文件，心满意足地躺下。”

当天下午人们举行了简单的追悼会。一位朋友在现场朗诵了一首诗，这是歌德给席勒写的悼亡诗。

“他照耀我们，就像消逝的彗星；

以自己的光结合永久的光明。”

细推物理须行乐，何为浮名绊此身。

“每天我都无数次地提醒我自己，我的内心的和外在的生活，都是建立在其他活着的和死去的人的劳动的基础上的。我必须竭尽全力，像我曾经得到的和正在得到的那样，做出同样的贡献。”

作者评论：爱因斯坦功成名就以后，曾巡游各地，作为一个犹太人，被邀请来到了耶路撒冷。犹太复国主义执行委员会主席尤思金致辞的一段话，令我非常感动，他说："三千年前，在莫里山为上帝建了一所房子，这第一次用来祈祷的房子应该成为所有人祈祷的住所。现在我们正在建造的房子，我们祈求它能成为整个世界科学的殿堂。爱因斯坦教授，请您登上这个已经等待了您两千多年的讲台。"

一直以来人们对爱因斯坦都怀有一种近似神明般的崇敬心态。而他却有自己的"神"。正如这句话所说："科学家的宗教感情采取的是对自然规律的和谐所感到的狂喜的惊奇，因为这种和谐显示出这样一种高超的理性，同它相比，人类一切有系统的思想和行动都只是它的一种微不足道的反映。"爱因斯坦无疑是一个深邃的孤独者（并不是一般意义上的孤独），许多其他的科学家，以及文学艺术家也都是这样。在我看来，孤独就是保持距离，唯有与世界保持距离，才能对它有更清晰的审视，唯有与自己保持距离，才会对未来有深刻的思考。

当然，代价就是冷清与寂寞，就如同在寒冬深夜，一个人醒来，想到一个绝妙的主意，却只能对着墙说话。

萧伯纳曾这样评价爱因斯坦说："有一种伟人，他不建立帝国而是创造宇宙。他的手连一个人的血都没有沾染……我对任何宗教都不报虔诚之心，却有对宇宙的虔诚。"

而对于那些真正的孤独者，我总是怀有悲伤的敬意。

相关：（来自李复，李芬《广义相对论简介之五——爱因斯坦引力场方程和史瓦西外部解》）

爱因斯坦的引力场方程得出了很多预言。不过很快天才的天体物理学家卡尔·史瓦西就在1916年得到了引力场方程的第一个非平庸精确解——史瓦西度规，这个解是研究星体引力坍缩的最终阶段，即黑洞的理论基础。在同一年，把史瓦西几何扩展到带有电荷的质量的研究工作也开始进行，其最终结果就是雷斯勒－诺斯特朗姆度规，其对应的是带电荷的静态黑洞。1917年爱因斯坦把广义相对论理论应用于整个宇宙，开创了相对论宇宙学的研究领域。考虑到同时期的宇宙学研究中静态宇宙的学说仍被广为接受，爱因斯坦在他的引力场方程中添加了一个新的常数，这被称作宇宙常数项，以求得和当时的“观测”相符合。然而到了1929年，哈勃等人的观测表明宇宙处在膨胀状态，而相应的膨胀宇宙解早在1922年就已经由亚历山大·弗里德曼从他的弗里德曼方程（同样由爱因斯坦场方程推出）得到，这个膨胀宇宙解不需要任何附加的宇宙常数项。比利时牧师勒梅特应用这些解构造了宇宙大爆炸的最早模型，模型预言宇宙是从一个高温高致密状态演化来的。爱因斯坦其后承认添加宇宙常数项是他一生中犯下的最大错误。

注释：

①爱因斯坦语录。

②该观点发表于在《关于分子气体热平衡态的进一步研究》的论文中。玻尔兹曼的思想显然大大超出了自己所处时代的认知，他首先将随机引入到堪称“严密科学”的物理学中，直接触犯从牛顿以来已经延续了几百年历史的机械因果论观点，最终引起了科学概念的根本变革。玻尔兹曼却不堪忍受而自杀了。这是物理学界永远的损失。就在佩兰的实验公布的那年，奥斯

特瓦尔德主动宣称："原子假说已经成为一种基础巩固的科学理论。"从此，科学上关于原子和分子实在性的争论即告结束。而H定理正确性的最后证明要等到1967年才依靠分子模拟方法来完成，此时，玻尔兹曼已经去世了整整61年。

③光的干涉与衍射现象都是光的波动性的表现，光的干涉产生干涉条纹，光的衍射产生衍射条纹，都表现为光在遇到障碍物之后出现光的强度或明暗，在空间稳定分布的现象。

④对于描述力学规律来说，一切惯性系都是等价的。力学过程对于静止的惯性系和运动的惯性系是完全相同的。

⑤迈克耳逊–莫雷实验是为了观测"以太风"是否存在而用迈克尔逊干涉仪测量两垂直力一向上光速差值的实验。其结果证明光速在不同惯性系和不同力一向上都是相同的。以太并不存在。由此确定了光速不变原理，促进了相对论的建立。

⑥由这个理论，有人提出了一个非常有趣的思想实验：双生子佯谬。

假设有一对孪生兄弟，他们计划做一次高速飞船旅行，来检验一次狭义相对论。弟弟留在地球，哥哥遨游太空，可当飞船再度回到基地时，是哥哥比弟弟年轻，还是弟弟比哥哥年轻？

我们可以有两种猜想。

(1)弟弟看飞船上的钟变慢了，所以哥哥更年轻。

(2)哥哥看基地上的钟变慢了，所以弟弟更年轻。

这个问题最早被提出是为了反对相对论，因为如果按照相对论的逻辑会产生这种自相矛盾的结果。

但仔细想想就会发现，其实这恰恰符合了相对论的逻辑。

按照相对论导致的"时间变慢"理论，哥哥看弟弟钟变慢，弟弟看哥哥钟变慢的这种对称性，只有当两者的相对运动速度不变时，才能保持。可实际情况是，哥哥的飞船必须在起飞时加速，降落时减速，不可能仅仅做匀速直线运动，这样，他们之间相对运动的速度是有变化的。而一旦出现了变速的相对运动，这种对称性就不存在了，所以，只可能有一方的钟变慢。

那么是谁的钟在变慢呢？

在地球上的弟弟看来，哥哥是在做变速运动，而在哥哥看来，弟弟相对于他也在做变速运动。

但是不要忘记，兄弟俩都生活在宇宙空间。他们周围还有大量天体。这个实验的系统其实有三个因素：哥哥、弟弟和他们周围的宇宙。如果弟弟留在地球，他相对于大量天体并没有做变速运动。在弟弟看来，只有哥哥在做变速运动。

可是在哥哥看来，他不但看到弟弟在做变速运动，而且整个宇宙都在做变速运动！一边是周围的整个宇宙，一边只是一个飞船。这是明显的不对称性。所以由对称性引起的两难是不存在的。

因此，飞翔在太空的哥哥的时间更慢，当他回来时会更年轻。

相对论是没有唯一的绝对时间概念的，每个人都有一个属于自己的时钟，这依赖于他在何处并如何运动。由于在相对论中光速绝对不变，而速度是和光速比较的，所以不管兄弟俩运动速度如何，对他们而言，光速永远是 c. 高速运动的人要比另一个留在地面的人年轻些并不是因为他们得到了更多的时间，而是因为他在宇宙中高速旅行的时候，对他而言，时间流逝变慢了。

而对于哥哥或弟弟个人来说，他们的时间是与参考系无关的，时间是“绝对的”。无论自身体运动状态如何，他们本身所经历的时间是一个客观量，是固有时。

⑦狭义相对论最重要的结论是使质量守恒失去了独立性。它和能量守恒原理融合在一起，质量和能量可以互相转化。如果物质质量是 M，光速是 C，它所含有的能量是 E，那么 $E = MC^2$。这个公式只说明质量是 M 的物体所蕴藏的全部能量，并不等于都可以释放出来，这里 M 是改变后的质量，M 是改变前的质量，V 是运动的速度，C 是光速。

⑧狭义相对论从两个基本原理出发即光速不变原理（在所有惯性系中，光速总是一样的）和狭义相对性原理（即所有的物理规律在不同的惯性系中都是一样的），用闵可夫斯基四维时空之洛仑兹变换的数学形式，把二者统一起来，将原来的旧理论即伽利略的相对性原理纳入“新”的理论框架中，致使新的理论体系既简单明了，又和谐统一。

⑨1859 年法国天文学家勒威耶发现水星近日点进动的观测值，比根据牛顿定律算得的理论值每世纪快 38 角秒，并猜测这可能是一个比水星更靠近太阳的水内行星吸引所致。可是经过多年的辛勤搜索，这颗猜测中的行星始终毫无踪影。十九世纪末，电磁理论发展的早期，韦伯、黎曼等人也都曾试图用电磁理论来解释水星近日点的进动问题，但均未能得出满意的结果。后来根据广义相对论可以得出与观测值十分接近结果，成为天文学对广义相对论的最有力的验证之一。

⑩当发生相对运动的两个物体之间的距离相互远离时，在它们之间传播的电磁波的频率会变低，光谱线的这种位移称为红移。引力红移则是强引力场中天体发射的电磁波波长变长的现象。由广义相对论可推知，当从远离引力场的地方观测时，

处在引力场中的辐射源发射出来的谱线，其波长会变长一些，也就是红移。

⑪爱因斯坦预言，遥远的星光如果掠过太阳表面将会发生一点七秒的偏转。1919 年英国派出了两支远征队分赴两地观察日全食，经过认真的研究得出最后的结论是：星光在太阳附近的确发生了一点七秒的偏转。英国皇家学会和皇家天文学会正式宣读了观测报告，确认广义相对论的结论是正确的。

⑫1921 年在量子物理学家玻尔的倡议下成立了哥本哈根大学理论物理学研究所，对量子物理学有着深入广泛的研究，那一批科学家们被称为哥本哈根派。由于他们对于量子力学的解释与爱因斯坦不符，玻尔与爱因斯坦进行了许多次争论。

⑬这段诗歌是我试着翻译的，可能有误译。

⑭这是库尔特·哥德尔于 1931 年证明并发表的两条定理。我真的没有看明白，感兴趣的大家可以去读一些分析哲学的书目。

番外：

牛顿·爱因斯坦：百年赌约

一

猫儿们徘徊于长长的走廊，低声地呼唤彼此，这却并没有打扰站在桌前的艾萨克·牛顿。

“光是粒子。”

他注视着这句话，沉思片刻，拿起羽毛笔在旁边写道："既然光是由一串微小的粒子组成，那么就像彗星的运行受到引力影响一样，太阳的引力将影响光的传播。如此说来……在远距离上，物体对光线是否有作用，使光线发生弯曲；这种作用是否随着距离的减小而增强？"（此问为《光学》附录中，牛顿16问中的一个。）

牛顿静静地站着，陷入沉思。他一向如此，思考起来就好似忘却了尘世。此刻，17世纪的阳光正穿透他的房间，像是想送一点灵感进来。

"该怎么验证自己的想法呢？"万千思绪波涛汹涌，他忽然想起一首自己从前总爱朗诵的诗：

"世俗的冠冕啊！

我鄙视它如同脚下的尘土。

它沉重而辉煌，却只是一场空虚；

可现在我愉快地欢迎这顶荆棘冠冕，尽管刺得人痛，

但主要的味道是甜；

我看见光荣之冠在我面前呈现，

它充满幸福，永恒无边。"

二

"小斯坦利，你在做什么？"爱丁顿夫人一进门就看到6岁的小儿子正趴在桌前，竟是在翻阅《圣经》。

"妈妈，我在数数。"

"数数？数什么呢？"

"我想计算出《圣经》上全部的词汇数目。"斯坦利·爱丁

顿抬起头来，神情严肃地回答。

直到多年后，斯坦利·爱丁顿三十多岁了，每当遇到感兴趣的问题，他的脸上还是会浮现出这自孩提时代就保留下来的神情。

转眼到了 1915 年，第一次世界大战的第二年。这年夏天，爱因斯坦经过多年摸索，终于在自己十年前创立的狭义相对论基础上，创立了广义相对论。这个理论很快流传开来，但完全领会相对论思想的人却凤毛麟角。此时英德还在交战，身为英国人的爱丁顿却还是几经周折，得到了身为德国人的爱因斯坦的论文。

广义相对论。这天才的手笔！

“任何一个人，只要对这一理论有着充分的理解，那么要从这不可思议的魔法中逃出来，已是不可能的了。”

爱丁顿也为此着魔了。

随后的两年，爱丁顿反复去体会爱因斯坦的理论，还写了《关于相对论引力理论的报告》的科学论文（该文章逻辑清晰，简明扼要，是相对论入门读物。）并且立志要推广它。

“嘿，戴维逊，你知道爱因斯坦的广义相对论吗？”

“倒是有所耳闻，那是什么？”爱丁顿的好友，皇家天文学家戴维逊爵士好奇地问道。

于是，他也步了爱丁顿的后尘，沉溺在这理论中不能自拔了。

可广义相对论的理论虽然精彩，却非常深奥，难以被更多人接受。科学界也时有质疑的声音。

不能让这绝妙的理论蒙尘！

“那么，我们来验证它。”

三

“该怎么通过实验证明呢？”

“我想，我需要一次日全食。”爱因斯坦回答。

光线到达地球时会否受引力影响而弯曲，弯曲的程度，可以验证相对论的部分理论，而日全食时是最适合进行这个实验的。这是因为光线的弯曲会影响到出现在太阳附近的恒星，因而只有当月亮把太阳耀眼的光辉完全遮去，即日全食期间才能进行这种观测。

而即使如此，还是有大量的太阳日冕光线伸展到离日冕很远的地方。因此，观测时最好再在太阳附近有一些足够亮的星，它们不会被日冕的光芒所淹没，这样就可以以它们为参考点进行观测了。

但这是一种非常罕见的天文现象，许多人终其一生也未必能见到。

“一年中考察光线的最佳日期是 5 月 29 日。”爱丁顿在科学日志中写道，“太阳沿着黄道作周年运动，在它所经过的地方恒星的密集程度是不同的，但是在 5 月 29 日这一天，太阳正好位于非常少有的一片亮星——毕宿星团之中，这是它最好的星场，比其他的任何地方都要好得多。那么如果是在历史上另外某个时期提出这一问题的话，也许要等上几千年才能在这个幸运的日子里发生一次日全食。但我们的运气真是好极了，就在 1919 年 5 月 29 日将发生一次日全食……”

经过两年多的辛苦筹备，爱丁顿和朋友戴维逊爵士在格林尼治组织了两支考察队，一支奔赴巴西的索布拉尔，由克洛梅林博士与戴维逊先生带领；另一支则开到西非的普要西比岛，由科丁汉先生和爱丁顿带领。

爱丁顿一生所有的好运气，可能都用来认识相对论了——因为到了观测的那天，他的观察队情况很糟糕。

日食一开始就铅云密布，接着下起了雨，看来是没有任何能进行观察的希望了。考察队员们都很心急。

忽然，在接近全食阶段时，太阳开始隐约露面，天空顶端像是缺失了圆形的一块，景色壮美。周围的一切都披上了奇异的半光，爱丁顿珍惜这短暂的机会，加紧工作起来。在这空荡的寂静中，只有他们工作时的喊声和节拍器的滴嗒声。

日食共进行了 302 秒。

多次失败后，他们终于得到了两张所需要星象的底片，然后将它们与太阳处于其他位置上时对同一星场所拍摄的底片进行比较，这样它们的差异就表示了因光线在太阳附近经过时的弯曲现象所造成的恒星的表观位移。（幸而巴西组日食时的天气是理想的，最终是由他们提供了最有决定性意义的证明。）

爱丁顿将这场实验想象成一场牛顿和爱因斯坦的交手——这两位在各自时代里最伟大的科学家，正以太阳为赌注，进行一场科学的豪赌。

这个实验将有三种可能性：

第一种，光线没有发生任何偏折，即光线可能不受引力的影响。那么爱因斯坦与牛顿都输了。

第二种，也许光线出现“半偏折”，它服从于简单的牛顿定律。而按照牛顿理论来计算，光线经过太阳边缘时，弯曲角度约 0.87 弧度（这是因为光线是由光子组成的，而根据爱因斯坦所说，任何物体既有静质量，也有动质量。那么光子应该具有动质量，既然有了质量，那么就可以根据牛顿万有引力，算出光线经过太阳的弯曲角度了），那么牛顿赢。

第三种，光线发生了“全偏折”，将角度带入爱因斯坦的广义相对论公式，那光线将偏移 1.7 弧度，则爱因斯坦胜。

日食结束了，太阳正从黑暗里转身。

四

到底谁赢？

在天文量度中需要寻找的星数往往是很大的，所以根据一张底片实际上就应当对问题做出判定；不过当然还要通过其他底片来加以证实。回英国后爱丁顿开始做数据分析，由于数据比较微妙，分析过程持续了很长时间。

最终，戴维逊队伍的值是 1.98 弧度，爱丁顿自己的队伍是 1.61 弧度，这两组结果的平均值非常接近爱因斯坦的预言。

光线发生了“全偏折”，实验结果符合广义相对论的预测。

爱因斯坦是对的！

“如果我们当场就得到了双倍偏移量的话，那会怎么样？”回去后，考察队的另一个人科丁汉回忆起爱丁顿得出结论时兴奋的情景，多少有点迷惑地问。

“那爱丁顿肯定会激动得当场发疯，你就只得一个人回英国了。”了解老友对相对论的痴迷戴维逊开玩笑地回答。

五

1919 年 11 月 6 日，皇家学会的会长汤姆逊（电子的发现者）主持了皇家学会和皇家天文学会联合会议，戴维逊与爱丁顿就这次考察的科研成果做了报告。

整个会议像一出古希腊戏剧般肃穆庄严，物理学家们犹如合唱队员们，站在会议背景中艾萨克·牛顿的画像下，给在这场超级事件的进程中所揭示的天意做出注释。

画中的牛顿仿佛穿越了两百多年的时间，与他们的视线相逢，似在提醒着众人：科学成果的确认，总是要历经波折。

这次测出的结果是科学思想整体的一部分，从遥远的牛顿时代至今，关于光的猜想得到了一部分证实，牛顿的公式在某些情况上失效了。(在这个与牛顿密切相关的皇家学会上宣布爱因斯坦的结果，是意味深长的。)

会议经过讨论之后，由汤姆逊发表了如下的意见："事实上，牛顿确已在他的《光学》一书中就光线弯曲现象，以提问的形式指出了这一点，而根据他的看法大体上应当得出偏值的一半。但是这项结果并非是一个孤立的结果；它是由许多科学观念构成的某种整体结构的一部分，并且影响到物理学中的一些最基本的概念。我们这次科学考察的研究成果，可以称得上是牛顿时代以来，在引力理论方面所取得的最重要结果，因而把它们放在和牛顿密切有关的皇家学会的会议上来加以宣布，无疑是十分恰当的…… 如果爱因斯坦的理论是正确的，那就会使我们以一种全新的观点去认识引力。如果事实能够证明爱因斯坦的推理完全成立——它已经经受了与水星近日点及这次日全食有关的两次极为严峻的考验——那么它将是人类思想的一项最高成就的结晶。"

这场探险终于结束了，人类的征程却刚刚起航。

六

爱因斯坦击败了牛顿！

广义相对论赢了！

各个国家的各大报纸广播争相报道爱丁顿的实验和爱因斯坦的理论，爱因斯坦成了世界名人。这是一股不仅冲击了科学界，也席卷全社会的热潮——原本抽象、冰冷的物理学理论与太阳联系起来，不由得使人暖洋洋地兴奋；曾经停留在笔尖的概念竟能测量现实，也让人不得不为之惊叹。

而爱因斯坦早就知道会得到如此的实验结果，事实上，他是喧闹的人群里唯一淡定的人，像是风暴的风眼——风因他而起，他却端然沉静。

“人生苦短，何必去作那些无谓的、无止尽的追名逐利的事呢?”

他知道，一个问题之后，还有下一个问题，无穷无尽的问题。因而这个世界也值得人无穷无尽的探索和热爱。

爱因斯坦在自己的书桌前时而奋笔疾书，时而皱眉思索。许久之后，他终于放下笔，起身活动了一下筋骨。

他穿过走廊，打开房门。外面已是深秋。纳藏之后，天地一片澄明。他走过苏黎世的大街，此刻，和两百多年前一样的太阳，一样笼罩着城市，笼罩着战争过后安定下来的人群。

落叶被吹起来，风声飒飒。

几点说明：

其实爱丁顿的观测结果过于粗略，不足以验证广义相对论，可以说他是选择了有利的结果来发表。这是因为索布拉远征队使用了两类不同的观测方法，一类用的是一架四英寸折射望远镜，拍摄的相片共有八张（其中一张因云层干扰而没能拍到星星，因此有效相片为七张），这些相片显示的偏折角度为 1.98 弧度，与爱因斯坦的预言比较接近，误差也相对较小。另一类用的是天体照相仪（astrograph），拍摄的相片共有十九张，这些相片显示的偏折角度约为 0.9 弧度，与“牛顿值”比较接近，但这些相片的图像比较模糊，据怀疑是因为仪器中的定天镜（coelostat mirror）受热变形所致。爱丁顿自己那组用的也是天体照相仪，共拍摄了十六张相片，但其中只有两张质量较好，经分析得到的偏转角度为 1.61 弧度，也比较接近爱因斯坦的预言。

完整的广义相对论预言则是 1.75 弧度。

这一实验还有一个社会效应，那就是英国科学家认同了德国科学家的理论，这为战后两个国家的合作带来了很大的可能性。

爱因斯坦的广义相对论是科学界普遍接受的理论，除了日食验证之外，已经有诸多的实验验证。60 年代哈佛大学的科学家们通过研究放射性的铁 57 观测了相对论的引力红移现象（Pound - Rebka experiment）；1976 年，美国国家宇航局进行了引力探测器 A 项目，利用火箭携带精密的原子钟到 10000 千米高的太空，测量得到那里的时间比地表快了一百亿分之四点五；2010 年，美国国家标准局的科学家利用高精密原子钟，测量出了 33 厘米高度差别导致的时间快慢变化……而我们现在利用的卫星信号传递、GPS 卫星导航以及其他的航空航天活动，离了广义相对论的知识，都会出问题。

这篇文章里描绘的爱丁顿的实验非常有趣，但其物理意义没有当时的新闻里描述的那么夸张。实验物理学家们通过精巧的设计，测量出了以前不能测量的物理效应，和已知的理论相吻合，同时这个过程中开发出来的技术对其他的科学或者技术有用，这就是很了不起的成果。

或许在将来，科学家们会发现爱因斯坦的广义相对论也有局限性—在某些条件下和确定无疑的一些实验结果出现了偏差，那么理论会被修改，但是并不代表广义相对论被推翻了，只是我们更明晰了它的适用范围而已，正如计算普通低速物体的运动用牛顿力学就够了一样。

最后送上一首威廉斯的长诗：

《爱因斯坦和爱丁顿》

太阳转过了高尔夫球场，
月亮俯视着平静的海洋，
所有的球童都已离场就寝，但在那还是可
以看到——
有两位玩球的人，
仍然徘徊在十三号球场的护沟旁。
爱因斯坦和爱丁顿，
正在计算他们的得分；
爱因斯坦的记分牌上写着98，
而爱丁顿的得分也是如此。
他们正聚在一起，
讨论着不少高深的问题。

时间到了，爱丁顿说，
有好多事情该谈谈了，
说说立方体、时钟和米尺，
还有为什么摆锤会不停摇晃，
空间倾斜又到了何种程度，
时间究竟有没有飞跃的翅膀。
在学生时代我懂得，
是重力使苹果落入筐。
而现在你却告诉我，
原因只是在重力之上。
我真的有些不敢相信，
这才是千真万确的事实真相。
你断定引力的作用，
不是一种拉力，
你认为空间基本上空无一物，
而时间却几乎是满而无隙，
尽管我为怀疑你的话深感抱歉，
但这听起来必竟有违常理。
空间是四维的空间，
而不只是人们认识的三维。
关于斜边的平方
也不再是过去的概念。
你对平面几何的所作所为，
令数学家们头疼不已。
你认为时间严重地受到了限障，

甚至光线也被弄弯：
如果这就是你的意思所在，
我相信我已消除了怀疑，
掌握了它的实质所在，
而不必如别人一样费力去猜。
如果我以两倍的光速；
由美国前往剑桥，
今天下午四点动身，
昨天晚上便已回到了家。
你现在的确明白了，爱因斯坦说，
这实在是一点也不差。
但是以水星为例，
它绕着太阳在运行，
要是直到生命终结之时，
也永远回不到它所经过的地方，
那么我们动手做的事情，
最好还是不要开始。
因为如果过去还没有结束，
而未来却已经介入；
那么一切事物又有何用，
管他是人还是物！
请再告诉我的总统与主教，
对此不要再迷糊。
爱因斯坦还说到，
在相对论的影响下，

最短的线并不是笔直的线，
而是自然地弯弯曲曲就像数字8。
如果你走得太快，
你的目的地将会很晚才能到达。
但是，复活节之日即圣诞节之时，
而远在天边即是近在眼前；
二加二将会大于四，
那里也就是这边。
你是对的，爱丁顿说，
未来将证明你所有的发言。

番外：

当我们谈论起爱因斯坦时，我们谈论的是一个逗比

一

1913年。

“想来想去，只有爱因斯坦最合适。”能斯特叹了口气。

“我也非常希望他进入咱们的普鲁士科学院，但以现在的局面……作为一个犹太人的他会不会拒绝？”我拿起烟斗，又放下了。爱因斯坦一直很反对德国政府的严苛，而犹太人最近也在被驱逐……

“啊，可是普朗克先生，我们但总得试一试啊。”

“怎么试？如果我们被当场拒绝了，那场面得多尴尬啊。”

“不如，我们用最古老的方法来试探他的心意。”

“什么方法？”

“红白花。我们和他约个地方见面，写信告诉爱因斯坦，如果他同意去科学院，就手捧一束红花来接我们，不同意就手捧白花，这样不用问，我们就知道结果了。”

于是我和能斯特给爱因斯坦写了封简短的信，约定一起去楚格湖畔的里吉山相见。

这一路都很紧张，能斯特和我开玩笑：“我们是去求婚的小伙子吗！”

还真有点像。只是不知“姑娘”会不会答应我们。

火车终于到站，人群里我们看见了一个灰色的背影，头发凌乱，衣着也邋遢。那一定就是他了。“嘿！爱因斯坦先生！”

那人闻声转过身来，微笑看着我们。

爱因斯坦拿着红花。

(本段改编自普朗克的回忆。)

二

(本故事剧情属实，心理描写完全虚构。)

额，大家好，我是劳厄。你先甭管我是研究啥的，就记住我是个物理学家得了。

我看了爱因斯坦关于相对论的论文后细思恐极，所以非常想跟他聊聊，当面问一句：“这尼玛是个什么鬼啊!!!”

于是我怀着兴奋和激动的心情来到了伯尔尼专利局准备踢馆。

啊！你局！这爱因斯坦学习和工作过的地方！

一推门，走廊里迎面过来一个衣服邋遢的年轻人，嗯，有点眼熟。

卧槽不会是他吧？他他他裤子都破了啊喂！

这货不是爱因斯坦！这货不是爱因斯坦！

我伸出去的手赶紧缩回来假装捋捋头发。

又等了一会儿，我看见那个年轻人折返回来了，他走到我跟前，打量了我几眼："嗯，我是阿尔伯特·爱因斯坦，请问是你找我吗？"

卧槽真的是爱因斯坦！

"啊你好你好，我、我、我、我是劳厄。"该死的，我又结巴了。

他递过来一支烟。我抽了一口，尼玛实在太难抽了，我忍着咳嗽："啊要不我们出、出、出、出去逛逛吧。"出门不久我们到了桥上，我赶紧趁他不注意把烟丢进了阿勒河。

出乎意料，这看起来有点怪怪的小子还挺健谈。

我们边聊边登上国会大厦的平台看伯尔尼全景，这使得我不由得跟他说："啊，我喜、喜欢登高，尤其是爬、爬山！你看，在山上更高，能看得更远，山上的空气也超、超新鲜……"

"啊，是、是吗，"爱因斯坦说，"真、真想不通怎么会有人喜、喜欢到山上去玩，天啊，太、太奇怪了。"

于是就这样，我们成了终身的朋友。

Happy ending。

（注：劳厄和爱因斯坦都属于语言跟不上思维的人，有时会有些结巴。）

三

正看着书，我家的门开了，我的老师玻尔走了进来，开口就说：“你真聪明。”

我情不自禁愣了一下。

怎么玻尔来了美国后打招呼的方式都变了。

幸而我马上领悟了他的意思：“好吧，我懂了。”嗯，这是他在邀请我去他的办公室谈话。

玻尔访美后暂用爱因斯坦先生的办公室，而后者用隔壁自己助手的办公室，在同一个空间观察这两个气质性格迥异的科学家的日常是很有趣的：一个沉溺于思考，颇有些大智若愚的贤者风范，一个自由散漫，总显出机智顽皮的赤子性情。

就是有点太顽皮了。

玻尔现在正用的办公室中心里有个椭圆桌子，一进屋他也没再和我说话，就是绕着桌子不停地快步走，我只好讪讪地在边上坐着目睹这奇景——玻尔看起来太像个正在施法的巫师了。

不一会儿，他开始了惯常的自言自语，我细听，原来是“爱因斯坦”。

玻尔一直这么神神叨叨地念叨爱因斯坦的名字，终于走到窗前，凝视起远方来。

这时门轻轻开了。隔壁的爱因斯坦蹑手蹑脚地走了进来，我正要跟他打招呼，他却把手指放在唇边示意我别出声。

原来最近他的医生让他戒烟，没收了所有的“私有财产”，他跑到老友玻尔这来偷烟抽了！

他走到桌子附近，终于拿到玻尔的烟叶筒，正要离开，谁知窗前的玻尔忽然大声说了一句“爱因斯坦!”出人意料地迅速转过身来。他们面对面离得这么近，我和这两个小伙伴都惊呆了。

玻尔这个巫师，真的把爱因斯坦召唤出来了。

“你、你干什么。”

“我、我来偷、偷烟叶。”

我们三个人都禁不住放声大笑。

(本段改编自物理学家派斯的口述。)

四

万万没想到，我差点错过一个隆重的典礼和一个荣誉博士学位。

但这不能全怪我——谁叫他们发来的邀请信件装饰太过豪华，我还以为是某个富商的请帖，看也没看就随手把信扔了。结果人家见我没回复，误会我是不想到场，就派了几个人来劝我。

啊，真有点不好意思。

当晚我就住进了官方指定的酒店，到了餐馆，我和几位早到的教授坐在一桌，他们各自说了自己此行的目的，我只好一言不发。

“这位先生你好，您是为何来参加参加日内瓦大学创建350周年的庆祝典礼的呢?”终于有人问我。

“抱歉，我也不知道。”我是实话实说。

他们互相看了看，脸上带了点意味不明的笑。我走的急，随身只带了一个草帽，穿的也是便服，在这些西装革履的教授间总有点格格不入。

到了第二天就是典礼了，人们规规矩矩的排队，这场景令我想笑，我这时已经很不耐烦，正想偷偷溜到一边，但主持人马上发现了我的举动然后阻止了我。外面的雨很大，看着那些穿着昂贵服装，乖乖淋雨的人们，我更加想笑了。

冗长典礼结束后，我们终于可以吃饭了。这时我注意到自己身边坐的是位显贵，忍不住问他："如果崇尚节俭的加尔文先生还健在，您知道他会来这干什么吗？"显贵打量了我一眼，反问道："那您觉得呢？"

我端起杯子，冲他笑了笑："我猜，他肯定会点上一堆熊熊烈火，把我们这群贪吃鬼统统烧死。"

（本段改编自爱因斯坦本人回忆。）

五

这天是 2 月 25 号，天气阴沉。布拉格的春天还没来。

我将要去拜访爱因斯坦。

当我下车找到出口，一眼就看到了一个叼着烟斗的中年男人和一个身材矮小，其貌不扬的女人。他的确引人注意——风尘仆仆的旅客和焦急的等待者中，他是唯一一个衣着随意漫不经心的家伙。

初次见面，简单寒暄之后，我们直奔咖啡馆。边喝咖啡边聊，维也纳，苏黎世，布拉格……有那么多要聊的！简直一见如故。

然后我们又一起去他的研究所，街上下着雨，我们的裤脚上全是泥浆，可谁也没在意，只是一直在聊天，爱因斯坦边走边说："你知道，埃伦费斯特先生，我一直觉得量子理论不是真正的东西。这是一种直觉，当我……"

我也是个言辞激烈的人，并没有因为自己是客人而谦让半分，虽然我们只是在讨论问题，但其他人——噢，看他妻子阴沉着脸的样子，她一定以为我们是在吵架。

我们“吵”着，从大门到讲坛厅，路过楼上的理论物理系教室，又回到爱因斯坦的家，直到晚上去听了会儿演奏会，我们俩的耳边终于不再是双方喋喋不休的争辩声了。

这还没完，演奏会结束已经半夜了，我们俩边聊边喝茶到凌晨两点半，可第二天一早一起去研究所的路上，争论又开始了。

他一定在这小地方憋了太久了。星期天我又去找他，我弹钢琴，他拉小提琴，他喜欢勃拉姆斯，我也是。下午出去散步，他迈着大步走着，身穿一件胸前有个破洞的衣服，推着婴儿车——他的儿子小爱德华躺在里面，初春风景宜人，气氛本该温馨，不过——当然，我们俩还是在“吵”。我这次来还准备给数学学会作一个关于辐射理论的报告，不过我不担心没人来听——爱因斯坦把这个消息几乎告诉了每一个人。

充满“争吵声”的几天终于过去了，我也要离开布拉格，他来送我。我们在小饼店吃过东西，沿着维尔特瓦大街走，这回终于不再讨论物理学了，他开始抱怨起哥特式建筑，嗯，布拉格的哥特建筑确实有点多啊。

然后，布拉格火车站到了，送君千里终有一别。

临上车前，当我回过头，看到他一手拿着烟斗，一手对我挥别的样子，我知道，我们一生的友谊，就这么开始了。

（注：本段改编自物理学家埃伦费斯特的回忆。时间是1912 年。）

文科生德布罗意：德布罗意篇

“名门”

“父亲，实不相瞒，我对这次会议颇有微词。”少年路易·德布罗意端端正正地坐在车上，神情严肃，这使他看起来像个小小的政治家。

“噢？说来听听。”亲王维克托·德布罗意期待地看向儿子。

“现下的法律虽然有古老的传统，但很多已经不合时宜了。今日上议院所讨论的一些问题，就是因为这些显得怪诞的法律所引起的，其实完全可以修改它们。”

路易接着用惯有的绝佳口才讲了自己的其他见解。父亲维克托大感欣慰——这孩子真是天生搞政治的料，不枉费自己对他的悉心教导——路易才几岁的时候，家中就请虔诚的基督徒讲授神学和法学；宅内藏书全凭他享用，刚大一点，就给他读一些高端报纸。路易过目不忘，时常能大段的背诵自己看过的文章。

“路易会成为一个很好的政治家。”有一次维克托和自己的大儿子莫里斯谈起路易的天赋，带着心满意足的骄傲，并希望他继承自己的位置步入政坛。

“还是不要那么早的断定他的未来。”

“什么？你想让他重蹈你的覆辙吗？”维克托其实是有些不满意莫里斯的，在他看来莫里斯的科学研究多少属于不务正业。小儿子可不能再走上这条路了。

莫里斯沉默不语。父亲的话让他想到了自己的过去——他似乎天生就对科学有着强烈的兴趣，但无奈，自己的祖父希望他继承家族的荣耀，参军，然后从政。

作为长子的他曾经屈服过，按着祖父的意愿加入了海军。但他并未放弃，一边在舰队服役，一边在大学学习技术。在地中海海军中队的时候，莫里斯还给法国舰船安装了第一台无线电装置。就在他即将获得科学学士的前两年，莫里斯再也忍耐不住，开始向家里恳求：

“祖父大人，我恳请您允许我辞去海军职务，我想专门从事自己的科学研究。”

他的祖父，这位高权重的政治家被激怒了：“对德布罗意家来说，科学不能是一个职业。”

争执进行了很久，但最后双方都妥协了——莫里斯可以将宅邸的一套房子装备为实验室，但同时不能放弃海军职务。

小路易就在这样的环境下长大——谁知道，也许在某个平行宇宙里，他就是个政治家，纵横捭阖，安享荣华。只是那个宇宙中，量子力学的进展，又不知要落后多少年了。

在路易14岁那年，他的父亲去世了，比他大17岁的长兄莫里斯担负起教育他的责任。他上了公立中等学校，初次接触数学和哲学，就一下子迷上了。在那之前他本以为自己的人生之路早就确定了——像祖父一样，成为一名中世纪历史学家。（他举办过私人展览会，展出了自己的手稿和原始图表）可现下这些关于科学的话题却让他无比沉迷。他如饥似渴地阅读庞加莱的著作《科学的价值》和《科学和假设》，而在庞加莱去世后，小路易深受感召，也许那时候，他已经萌发了将物理学作为自己一生的事业的想法。

生活的际遇无法预测，真正影响他人生抉择的事情还在后头。1911年10月，国际著名的索尔维物理学首脑会议在布鲁塞尔举行。这次会议的主题是“辐射理论与量子论”。普朗克，爱因斯坦，居里夫人，朗之万，玻恩……物理学界的大佬们聚集在那座小城，星光闪耀。

路易的哥哥莫里斯，正是这次大会的学术秘书和编辑，他因此得到了该次会议的全部文献。

“嘿，路易，瞧我给你带了什么？”

兄弟俩虽然相差十几岁，但对于科学共同的热爱将他们紧紧连接在一起——从小时候起，对于路易来说最高兴的事，莫过于哥哥从实验室里带回来的各种新鲜玩意和奇妙趣闻了吧。

这次又会是什么？

“你去了布鲁塞尔？”

“对，我还有会议的全部资料。”莫里斯眨眨眼睛。

“快和我讲讲！”

“如你所知，当世最有名的科学家们都聚集到一起了，这次他们讨论的是量子论的问题。”

“量子论？我听说过，那是很奇怪的理论。”

“是啊，大家各抒己见，但还是没能达成一致。”

未被理解的理论……

未被理解，未被征服，少年们很容易被这样的字眼吸引，进而投身其中——揭秘，解谜。在反复的推演与验证中，如此度过为科学奉献的一生。

路易·德布罗意就是其中一员。他孜孜不倦地阅读了哥哥带回的文件和资料。读到普朗克关于爱因斯坦光量子假说与麦克斯韦电磁场理论矛盾的专题报告时，一种强烈的愿望袭击了他：“普朗克曾花了十年时间，才把量子引入理论物理，但仍不明白其中的深刻意义，还有那么多值得探索的问题……我，路易·德布罗意，就此立志：我将奉献出自己全部的力量，去揭示神秘量子的本质！”

但此时，他依然是个文科学生——也到了撰写学士学位论文的时候了。

这位后来享誉世界的大物理学家的本科毕业论文，是关于1717年间法国统治者以及阁员和议会更替的。

那一年，他十八岁。

之后，他又去修学了法律。可是没过两年，他还是转入了巴黎大学理学院自然系学物理，从一个名副其实的“文科生”，变成一个“物理生”。

年少时的心愿和志向并没有随着激情消退，路易说到做到。

“扬名”

“听说有个亲王在这里服役？”来往的士兵们闲聊时，忍不住惊诧地说道。

“德布罗意家的公爵，瞧，他就在咱们的埃菲尔铁塔上架设和管理那些无线电台。”

第一次世界大战爆发，就连亲王也要去服役，而在军营的六年里，德布罗意靠着这份工作，维持了自己对物理学的敏感。一有闲暇，他就继续阅读那些艰深的物理学论文。

战争终于结束，德布罗意去拜访了郎之万——他曾是哥哥的导师。已见识过莫里斯的优秀的朗之万对这位学生求之不得，就是在这样一位导师门下，德布罗意开始攻读理论物理博士学位。值此，他正式步入了量子理论的殿堂。

德布罗意的物理学之路有着天然的优势——他的哥哥莫里斯有自己的实验室，那里主要从事 X 光的研究。有时候那里会做 X 光的衍射实验，兄弟俩惊讶的注意到，X 射线既是波又是粒子，它具有波粒双重本质。

“我认为 X 射线应当是波和粒子的一种‘组合’（combination）。”莫里斯这样说。

“可我不这么认为……”德布罗意有别的看法，“这不仅仅是组合，而是综合。或者说，是辐射具有波动性。”而当他们进行光电效应实验，德布罗意又加深了新的认识：辐射还具有量子性。

粒子，波动……难道一定非此即彼？长久以来，人们一直将像电子这样的粒子的粒子性是做理所应当，可都没考虑过它的波动性。

而贯穿于科学发展始终的，还有一个争论：光到底是波还是粒子？

别忘了，德布罗意曾经是一位历史学者。既然对光是粒子还是波动争论引发了如此重大的影响，为何不梳理一下此争论的整个历史进程？

德布罗意刚踏入量子力学的宫殿时，这个新兴的学科正面临着转折——谁都知道该发生点什么了，可又不知谁会是那个推动转折的人。

从 1900 年普朗克研究黑体辐射时提出量子的概念开始，到 1905 年爱因斯坦提出的光量子概念，量子的概念开始变得不那么诡异，而在量子论提出的 13 年后，丹麦的尼尔斯·玻尔又提出量子化轨道的说法（这成功地解释了氢原子光谱），理论越来越多，真相却越发扑朔迷离。就这样又过去几年，无数的物理学家们在此前仆后继，或有所收获，或折戟沉沙，年轻的德布罗意追随着先行者们的步伐，也渐渐成长了起来。

此时他注意到法国科学家布里渊的一个解释玻尔量子化条件的理论。

布里渊设想，原子核周围存在着一层以太，电子在其中运动掀起波，这些波相互干涉在原子核周围形成驻波。

德布罗意阅读了大量文献，他忽然意识到，如果光量子也具有波动性，又会怎么样？庞加莱、洛伦兹、普朗克、爱因斯坦、玻尔、朗之万、玻尔兹曼、吉布斯……德布罗意如饥似渴地阅读了这些名家的著作，当时他还不知道，自己有一天也会与这些伟大的名字并列。

他的目光又转向力学，初步了解了哈密顿－雅可比理论后，他发现了一种波粒统一的初期理论。

但这还不够，德布罗意转而深入的研究了相对论，一个令人惊喜的想法出现了：

一切的一切，其中必有关联！

物质的波动方面与粒子方面应该是和谐统一的！

1922 年，德布罗意借助于热力学、气体动力学和电子理论的方法，采用光的量子假说，导出了维恩位移定律。

光子论的提出、光电效应的解释、康普顿效应、玻尔原子理论……这些理论淬炼着心中的想法：

为什么对于光来说，需要有两种相互矛盾的学说，即波动说和粒子说呢？为什么原子中的电子只有可能进行某些运动，而按经典概念它应有无穷多种运动呢？

光子理论并不令人完全满意，因为它是用 $\omega = h\nu$ 这个关系式来确定光微粒的能量，其中包含着频率 ν。但纯粹的粒子理论应该不包含任何定义频率的因素。可同时，也不能用简单的微粒来描述电子本身，而应当赋予它们以周期的概念。

德布罗意仔细回想着自己已掌握的全部理论，“……对于物质和辐射，尤其是光，需要同时引进微粒概念和波动概念！”

1923 年，是德布罗意的爆发年。9 月到 10 月，不到一个月的时间，他就在《法国科学院报导》上连续发表了三篇论文：《波和量子》、《光量子、衍射和干涉》和《量子、气体运动理论和费马原理》。这三篇文章奠定德布罗意波的雏形。德布罗意还阐述了自己的“新力学”和以往的“旧理论”（包括牛顿和爱因斯坦的动力学）之间的关系，“传统力学（包括它的相对论形式和经典牛顿形式）只不过是一种近似，它和几何光学的适用范围相同”。

1924 年，德布罗意终于要博士毕业了。他将自己之前的思想整理成文，打印了三份，当他敲开朗之万的大门时，后者拿着这份论文，掩饰不住惊奇。

“这种思想非常新奇！我实在拿不定主意。不过我知道，当代思维中，荒谬和真理是奇妙地混杂在一起的。”

德布罗意静静等着导师接下来的话。

“路易，你的想法很有意思，让我们去问问爱因斯坦吧。”朗之万对他眨眨眼睛，“如果他认为这篇论文很有价值，你就用它作为答辩论文吧！”

此时爱因斯坦正纠结于量子力学的诡异，看到这篇论文，他的目光一下子被点亮了。

他立即回信，赞扬德布罗意的工作“撩开了巨大面纱的一角”。他还兴奋地告诉哲学家迈尔森，德布罗意的工作是“天才的一笔”！爱因斯坦从来对天才的设想不吝赞赏，不过难掩调笑本性，曾对好友玻恩这样说：“这篇仿佛出自疯子的文章，还真有点道理呢！”

而这位“疯子”的后缀，是“殿下”。

或许就连他自己都没想到，这个理论会被当世最有名望的物理学家爱因斯坦所认可。

那是 1924 年 11 月 29 日。年轻的德布罗意走向答辩讲台。

底下坐着他的老师物理学家郎之万，以及数学家嘉当，晶体学家莫吉安，物理学家佩兰等人。他们都是德高望重的科学家。望着台上的翩翩贵公子，有不少人还在心里嘀咕："这么个衣食无忧的王爵，会对物理学做出什么贡献呢？"

也许是历史学出身，论文的第一个单词就是：

"历史。"

"我读的历史书可比物理方面的书多得多。"事后，德布罗意自己说。

这不仅是博学的嗜好或消遣，德布罗意那种综合的思想，也许就来源于此。

德布罗意在论文的第一章提出了"位相和谐定律"，它将物质周期现象的内在频率与缔合波的波频联系起来。"任何运动着的物体都伴随着一种波动，而且不可能将物体的运动和波的传播分开，这种波称为相位波。存在相位波是物体的能量和动量同时满足量子条件和相对论关系的必然结果。"

在论文的后几章中，德布罗意又将费马原理和莫培督原理推广到四维时空，并在四维时空中将它们对应起来，还讲了相位波在统计力学中的应用。

"我认为几何光学和动力学的这两个重要原理之间的深刻关系的这个思想，可以作为将波和量子综合起来的重要思想。"

他把光的粒子性同周期现象结合起来，用光量子假设推导出了普朗克黑体辐射公式。

德布罗意在博士论文中正式提出了在量子领域中所有实物粒子都具有波动性的假设。他将其称为相位波。他将电子能量看作在空间一些极小区域高度集中的一种分布，任何运动粒子都伴随着一个波，粒子的运动和波的传播不能相互分离，自然界的任何物体都具有波动性。（德布罗意称这个他所引人的伴随物体运动由位相来定义的量子波为相波，现在大家都称它为德布罗意波。)

“借助于受量子概念有力的推动提出的一个假设，这些结果建立了运动物体的运动和波的传播之间的联系，我隐约看到了将这两个关于光的本质的对立的理论统一起来的可能性。”德布罗意还老老实实地在博士论文的尾声承认，“我特意将相波和周期现象说得比较含糊，就像光量子定义一样，可以说只是一种解释。因此，最好将这一理论看成是物理内容尚未说清楚的一种表达方式，而不能看成是最后定论的学说。”

（德布罗意考虑静止质量为 m、相对于静止观察者的速度为 ν 的粒子，他假设粒子是周期性内在现象的活动中心，它的频率 $\nu=\omega/h$，h 是普朗克常数，ω 是粒子的内在能量。以狭义相对论原理和严格的量子关系式为基础，路易·德布罗意通过严格论证得到：相位波的波长是 $\lambda=h/p$，h 是普朗克常数，p 是相对论动量，这就是著名的德布罗意波长与动量的关系，该式与 $\omega=h\nu$ 一起就是我们熟知的爱因斯坦－德布罗意关系式。)

不仅如此，德布罗意还把相位波的相速度和群速度（能量传递的速度）联系起来，证明了波的群速度等于粒子速度，确定了群速度与粒子速度的等同性。值此，物质波理论已经相当完备了。

这篇论文如此具有创造性，行云流水，似乎是直接从德布罗意的脑子里倾倒出来的——没人知道，他为了这篇论文，积累了多少“内力”，又度过了多少孤独的时光。

它是如此具有革命性，参加答辩的学者们目瞪口呆，甚至很久，都没人能站出来提问。

最后，论文答辩委员会主席佩兰勉强问了一句："你的这些波如何用实验来证实呢？"

德布罗意微微一笑："我相信晶体对电子的衍射实验就可以证明它。"

论文获得一致通过。

那年12月，爱因斯坦写信告诉洛伦兹（H. A. Lorentz）："我相信这是照亮我们最难解开物理学之谜的第一缕微光。"

德布罗意的博士论文被印成若干份分寄到了欧洲各大学的物理系。这片微光的辐射范围更广，终于，照到了另一位天才的眼眸中。

当薛定谔拿起这份论文时，他不会料到这是一份通往成功的钥匙。

那时他已到不惑之年，虽然取得许多不大不小的成就，离真正的顶峰还很远。如果他就这么乐天知足不思进取，世界又不知会否失去一个美丽优雅的公式。

所幸他没有。一拿到德布罗意的论文，薛定谔就被吸引了。

德布罗意波到底是什么波？与机械波有什么不同？实物粒子是不是由波所组成？

聪明的薛定谔迅速理解了物质波思想，大受启发。他将自己关在屋中好多天，废寝忘食地演算着——而当热爱运动的薛定谔重返大自然时，那个美丽的思想也宣告诞生了：非相对论的电子波动方程。

可以说，薛定谔是在德布罗意的启发下创立了波动力学体系，为量子理论带来了新的契机。

三年后，美国又传来了喜讯——美国实验物理学家 C. J. 戴维孙曾做过一个实验，研究镍对电子的散射。可不小心造成了靶污染、氧化。他经过长时间加热清理镍靶后再重做实验，发现电子被散射后出现类似光干涉、衍射的图样。

原来，长时间的热处理使镍靶由原来的由微小晶体所组成变成了大块晶体。而那时候戴维孙还不知道德布罗意的电子波理论，因此他并未将这种奇特的现象放在心上。

那是 1926 年的夏天，戴维孙到英国访问，刚一接触到德布罗意的理论，他立刻为之一振：自己一年前做的那个实验，所观察到的现象，莫不就是这神奇的德布罗意波？

这位实验物理学家一刻也没耽搁，返美后立即和科学家革末重做了实验。

德布罗意的预言成真了。他是对的。

几乎是在同时，英国剑桥的物理学家 G. P. 汤姆孙在观察电子束通过薄金箔时也观察到圆环条纹。同样是无心插柳柳成荫（该实验并非为了验证德布罗意波），可无疑，实验使得物理学家的理论得到了最大的证实。

1929 年，德布罗意获得了诺贝尔奖的青睐。靠着这篇毕业论文，文科生德布罗意，就这样走到了物理学的巅峰。

“余晖”

德布罗意家族的第一位公爵是弗朗索瓦·M·德布罗意，这个爵位是闻名世界的法国国王路易十四封赠的。从百年前开始，德布罗意家族就声名显赫。

他们也有自己的族徽：十字交叉的两股兵器。交叉与融合，多么像德布罗意的一生。从文科跨界到物理，将粒子与波交融……终其一生，路易却显得有些孤独。他曾饲养一些珍禽，向来简朴的他有次不惜重金买下一对罕见的尼泊尔红鸟。

可惜后来它们死了。德布罗意将它们的彩色照片，郑重地压在自己案头的玻璃板下。

到了晚年，德布罗意依然是个和蔼的教师。他写给学生们的总评总是满满当当，不厌其烦，不吝时间地向学生们解释各种概念，等到大家道一声“我明白了”，然后他才会沉入解释完满时的安详。

他永远不会责怪谁，永远对所有的异议抱有温和的冷静。德布罗意一生未婚，身边只有两位忠心耿耿的随从。他卖掉了贵族世袭的豪宅住在平民小屋过着深居简出的日子。是的，他出身豪门，因此可以轻视世人艳羡的荣华——他早体会过；他获得过举世瞩目的荣誉，因此可以平静地守着寂静的清寒——他早熟悉了；他曾见识过耀眼的秘密，因而并不以此为标榜——除却巫山不是云，还有什么，比不断地探索自己热爱的事业，更激动人心呢？

他是高贵的亲王，然而甚至不愿意购买私人汽车。永远彬彬有礼，神色安逸。早年成名，中年迷失，晚年回归。德布罗意在20世纪的海潮中起伏，见证了量子力学的整个发展进程。

他的学生罗切克曾问过他：“为什么你们（指德布罗意，薛定谔，爱因斯坦）不写一篇宣言，通过三人的权威签名声明，在你们所发展的反对正统诠释的课题中，哪些地方是你们所一致同意的，哪些地方你们已表达了一些共同的基本物理观点？这种文章，会给许多年轻的物理学家留下深刻的印象。”

德布罗意回答说："爱因斯坦、薛定谔和我，都是单个作战的。我们每个人在过去都以自己所独有且能被人所接受的方式获得了重大成果，可无论如何也组织不成一个科学学派。因为我不承认任何领袖，甚至爱因斯坦。尽管薛定谔和我们都深深地崇敬他，将他视为科学泰斗，但那也不是领袖。事实上，哥本哈根学派基本上依赖于玻尔个人的组织才能和好斗精神。截然不同的是，无论是爱因斯坦，还是薛定谔，我们都有学生和合作者，但我们三人中没有一人认为他自己是在以一个群体的名义发言，或者在表达共同的思想，因为我们每个人仍是孤独的探索者。所以，我们怎能一起发表什么声明？……我们每个人能做得最好的事情，就是在学生们的帮助下发展自己的观念，等待未来，等待必然到来的那一天！"

作者评论：每次想起德布罗意这星光闪闪的人生，我都忍不住想道：他一定是上辈子拯救了银河系。

论出身，他是声名显赫的王族，继承着两个爵位，我们得用殿下来称呼他；

论学业，他因为自己在毕业论文里提出的理论获得了诺贝尔奖；

论事业，他人生绝大部分的时间从事物理学，但又是一位文学和历史学者；

论朋友，前有爱因斯坦的赏识，后有薛定谔的惺惺相惜。

论长寿，他活了 95 岁，非常符合他作为亲王的身份（九五之尊）。

这就是路易·德布罗意殿下。罗切克曾说，珍贵的荣誉和幸运只属于德布罗意和少数几个人，世界由于他们而大为改观。

正是电子波动性质的发现，使人们有可能研制电子显微镜。由于德布罗意波的应用，人们可以确定物质内部的晶格组成，为医药、生物、技术提供新的研究结果。如果应用到固体物理学，在德布罗意理论的影响下人们得以制造晶体管和所有微电子设备：从小型计算器到巨型计算机，包括电子表、电视和工业自控系统中的核心部件。没有物质波理论，也许就没有计算机科学，因此也就没有如今进步神速的，我们的科学技术。

他曾是一位文科生，却最终成为了一个物理大师。如今这份成功已经很难复制，但德布罗意让我们看到了，真正的热爱，可以激发起多么强大的潜能。

上帝手中的薛定谔：薛定谔篇

“永远的第一名”

“上帝说：‘地要生出活物来，牲畜、昆虫、野兽，各从其类。’于是，上帝造出了这些生灵，使它们各从其类。上帝又按照自己的形象用泥土造了男人和女人，并赐福给他们，并对他们说：‘要生养众多，使你们的后代遍满世界，治理地上的一切，还要管理海里的鱼、空中的鸟以及地上各种活物。’……”

中学受教会一天的最后一堂课通常是这样度过的：老师在台上负责讲授《圣经》，孩子们在台下负责昏昏欲睡。

“老师，这些圣经故事，您真的相信吗？”

在一片睡眠般的沉静中，这声音那么突兀。

年轻的老师放下书，扫了一眼教室，很快就确定这句多少有些“大逆不道”的问话是出自那个拥有一头乱蓬蓬金发的男孩儿。

“埃尔文先生，”被问得焦急的老师微微皱眉，“这个问题我们课下再讨论。请你先上前来做几道题。”老师白天讲解数学时留下的几道难度很大的数学题此刻正静静地停在黑板上，与底下茫然无措的一班同学面面相觑。

男孩儿轻盈地起身，走上讲台。几乎是不假思索，信笔在黑板前解答起来。他解决那些数学题就像在玩游戏。但是那过程简洁，优美，流畅。这些通常让这个年纪的孩子倍感痛苦的数学对他来说像念一句诗那样简单。直至多年以后，这种对于数学推理过程的熟练掌握和轻松驾驭都一直给了他无限的灵感与成就。

“你说那个埃尔文·薛定谔？你刚到学校来，还不知道吧。”男孩儿就读的中学受教会的年级主任迈耶博士微微笑了一下，回答下课后过来问询的老师，“请原谅，这孩子一直是这样，多少有些坦率的过分，不过这对一个拥有天才的孩子来说不算大毛病。”

“什么？天才？”

“他是永远的第一名。”

薛定谔总是第一名，第二名就自然地成为了他的朋友。清瘦高挑的托尼奥·雷拉。少年时代他们经常一起攀登家乡的纳维登斯坦山，薛定谔是个很棒的登山者，登山这个爱好也延续了一生。当然，对于他来说，登山的吸引力远不仅于此，更重要的是他能因此经常邂逅托尼奥的妹妹维碧，她有一双漆黑的眼睛，总是流露出认真的神情，美丽而安静，像是在等待被化入画中。

即使多年后，薛定谔应征服役于一个偏僻的炮兵要塞而身处一战的痛苦境地中时，也常常是她的影子来到他年轻的梦境里给他以慰藉。

托尼奥·雷拉非常欣赏薛定谔，他认为他与众不同，是个不折不扣的天才，可是对人的态度却是真诚和友善。托尼奥偶尔会拿13岁的薛定谔质问老师的事情与他说笑，可他也深深知晓自己挚友的秉性：薛定谔并不反对宗教和宗教主义者，他真正反对的是教权。其实更可能因为薛定谔是一个达尔文主义者，甚至连他自己也承认："直至今天，我仍然初衷不改。"

在学校里，薛定谔和托尼奥经常就类似的问题进行讨论，但对于男孩子来说，户外运动显然比这些枯燥的理论有趣得多。所以更多时候，他们游走于维也纳的街道，欣赏戏剧，滑雪和登山，在托尼奥自家开设的乡村旅馆里度假，有时候沿着先人在山上留下的路标一路探险。

他们的友谊一直持续到1945年战争的最后一天，那一天，托尼奥·雷拉不幸被炮弹击中而丧命。薛定谔悲痛至极。

第一名身边的第二名永远离开了。

"身穿泳裤的瘦子"

不同于出题为难薛定谔的中学教员，又矮又胖，还有一头卷发的路德维希·玻尔兹曼是个好老师——他不仅有一副和善的心肠，而且从来不给学生挂科。

这时候薛定谔顺利的升入了维也纳大学，结识了这位恩师。路德维希·玻尔兹曼在哲学方面是个实在论者和唯物论者，他对薛定谔影响很大。1906年他却在度假时自杀了。他的境况很像一些稍有些懦弱的人：因为太怕死，干脆就自己选择死。薛定谔对于老师的去世深感悲痛，曾说："对一颗热爱科学的年轻的心来说，他的思想有不可磨灭的影响，再也没有什么能让我如此着魔了。"也正是基于玻尔兹曼对他的这种影响，薛定谔在1914年发表的"弹性耦联点系统的动力学"论文中再次强调了原子模型在物理学理论中的必要性。

1921年，薛定谔受聘到瑞士的苏黎世大学任数学物理教授。

这是一座安逸的小城。苏黎世湖流出的利马特河将旧城区分割成了两个部分，教堂与剧院隔着清澈的河流遥遥相望。酷爱户外运动的薛定谔可以时时走到有着浓重中世纪风格的街区上，偶尔遥望一下远处连绵的阿尔卑斯山脉，或者信步走入一间戏院，观看他少年时期最爱的戏剧。薛定谔在苏黎世大学继续自己的学术研究。

亚历山大·穆拉特回忆起薛定谔："他首先提出问题，接着回顾人们是怎么着手解决的，然后用数学术语讲述其基础，并在我们面前进一步演算。有时候他会停下来。羞涩的一笑，承认他在数学演算中遗漏了一个分歧点，又重新回到关键的地方，一切从头开始。这一幕真令人着迷，在他演算的过程中，我们学到了很多东西。自始至终他都不看备课本，直到演算完毕，他两相对照，说：'对了！'在夏天，天气很热时，我们一起到苏黎世湖边浴场，坐在草地里记笔记，大家一起看着这个身穿泳裤的瘦子在我们带来的黑板上信笔进行数学运算。"

他的确具有天才的秉性，也愿意担负自己想要担负的责任。而幸运的是他并没有沉迷于自己作为天才的这个角色，而是实实在在地去探索自己真正感兴趣且能做出成绩的方面。

爱因斯坦在一篇论文中将量子力学与物质波性结合在一起，

薛定谔深受启发，发表了一篇关于熵的文章，对粒子波函数的对称性是量子力学成为两种统计的必需条件给出了最后的解答。爱因斯坦看到文章后不仅盛赞了他的努力，还提出了改进措施。薛定谔深受感染，新写了一篇论文，并邀请爱因斯坦成为共同作者。爱因斯坦回信，并且开玩笑说：“你完成了全部工作，我不该成为‘剥削者’。”

薛定谔送去完整的论文，但作者的名字空缺。他在信中写道：“即使是开玩笑，我也不认为您是‘剥削者’，因为我们可以这样说，当国王修建宫殿时，灰浆桶搬运工就有事可做。”

爱因斯坦最终在论文上写下薛定谔的名字，而自己没有署名。

“你工作的思想来源于真正的天赋。”

1925 年，苏黎世的夏天如期而来，气温回升，水仙花遍地开放，山脉的积雪退至顶层，招摇着，希望人们去领略山顶的风景。可是居住在小城附近的人们惊奇地发现，酷爱登山的薛定谔先生不见了。

时间要退回一年前——1924 年，德布罗意将自己在《法国科学院通报》上发表的《辐射—波与量子》、《光学—光量子、衍射和干涉》、《量子、气体分子运动论和费马原理》这三篇文章合在一起成为他的博士论文。他在文中指出：“我们认为几何光学和动力学的这两个重要原理之间的深刻关系的这个思想，可以作为将波和量子综合起来的重要指南.”在这篇论文中他提出微观粒子具有波粒二象性，即不仅具有粒子性，同时也具有波动性。

当时薛定谔正沉浸于苏黎世的美景中，虽然偶尔也会对于自身一把年纪了还没有功成名就的事实有些耿耿于怀，可依然能保持心灵的平和，狄拉克曾写诗说："每个物理学家都害怕，那衰老就像疟疾侵扰。而立已过却功名杳渺，罢罢罢，活着倒不如死了好。"

薛定谔对此深有感触，但机遇还未出现，他还是专心从事教学工作。

如果历史止步于此，薛定谔可能就留在这座小城里终老一生。他差点成为一个个名家著作后的附录，一个当代物理学的注解。只是作为一个优秀的物理学教授而默默淹没于历史沙海之中。

幸运的是，他没有在沙海中消弭，而是反射了一抹太阳的光辉。德布罗意的这篇论文仿佛一束光一般照亮了他的眼睛。

第二年的夏秋两季，薛定谔把自己封闭起来仔细阅读了这篇论文。那段时间他不接受拜访，整日坐在楼上，甚至因为怕被人打扰，耳朵里总是塞着珠子。

没有人知道这段时间到底是什么激发了他的灵感。总之他文思泉涌。一个概念渐渐凸显出来：波现象是万物的基础，粒子只是表面现象，这后来成为理解其波动力学的关键。同一年的 12 月 27 日他从阿洛萨写信给慕尼黑的威利·维恩："我相信我可以详细说明以氢原子的主频率为本征频率的震动体系，并且是以相对自然的方式。"

他似乎在推导之前就知道了方程的最终形式。

薛定谔的论文《布朗运动中粒子涨落实验的理论》是他后

来阐述的量子力学的中心环节。而这，竟然还是多年前他在战争时候写出来的。即使在如此艰苦的环境中，薛定谔的风格依然优雅，简洁，游刃有余，在他的研究深处，数学物理学与更为深入的哲学紧紧相连。

一开始薛定谔想恢复微观现象的经典解释，他试图建立一个相对论性理论，得出了后来称之为克莱因—戈登方程的波动方程，但由于当时还不知道电子有自旋①，所以在关于氢原子光谱的精细结构的理论上与实验数据不符。薛定谔试图把波函数解释为三维空间中的振动，把振幅解释为电荷密度②，把粒子解释为波包③。但他无法解决“波包扩散”④的困难（最后物理学界普遍接受了玻恩提出的波函数⑤的几率解释）。1926 年 1 ~ 6 月，他一连发表了四篇论文，题目都是《量子化就是本征值问题》，他在爱因斯坦关于单原子理想气体的量子理论和德布罗意的物质波假说的启发下，从经典力学和几何光学间的类比，提出用波动方程描述微观粒子运动状态的理论，这是一个非相对论性波动方程——来处理电子，终于得出了与实验数据相符的结果，并系统地阐明了波动力学理论。这是一个对应于波动光学的波动力学方程，也就是世人所称的“薛定谔方程”。

薛定谔方程的最终形式是：

$$i\hbar \frac{\partial}{\partial t}\Psi(r,t) = \hat{H}\Psi(r,t)$$

如此简单，如此优美，如此和谐。

1925 年 7 到 9 月间德国物理学家海森堡、玻恩和 E. P. 约旦通过另一途径建立了矩阵力学。而在 1926 年 3 月，薛定谔一鼓作气，又发现波动力学和矩阵力学是量子力学的两种形式，可以通过数学变换，从一个理论转到另一个理论。薛定谔令人震惊地完成了这一切：不仅提出了奠定波动力学基础的方程，系统地建立起波动力学的完整框架，而且证明了波动力学与海森堡矩阵力学在数学上是等价的。

薛定谔方程反映了描述微观粒子的状态随时间变化的规律，它在量子力学中的地位犹如牛顿定律对于经典力学，并且，和那些经典时代的式子一样容易掌握。（注：薛定谔方程仅适用于速度不太大的非相对论粒子⑥，其中也没有包含关于粒子自旋的描述。当计及相对论效应⑦时，薛定谔方程由相对论量子力学方程所取代，其中自然包含了粒子的自旋。）

（薛定谔方程广泛地用于原子物理、核物理和固体物理，对于原子、分子、核、固体等一系列问题中，截止到 1960 年，以这个方程为基础的文章就超过了 10 万篇。）

傲慢的奥本海默甚至也不吝赞赏："这绝对是个相当漂亮的理论，也许是人类所发现的最完善、最准确，最可爱的理论之一。"

最让薛定谔感到兴奋的是来自他最崇拜的科学家爱因斯坦的赞赏："你工作的思想来源于真正的天赋。"

在 1925 到 1926 年期间，薛定谔以令人吃惊的速度不断地创造出新的科学成果，他发起了一场关于量子理论的新革命，开启了一扇微观物理学世界的大门。

而这一切都始于 26 年前。

1900 年 12 月 14 日，柏林久雪放晴。已经 42 岁的普朗克踏过柏林覆盖着积雪的漂亮街道，他深吸一口气，走入礼堂。他知道自己即将向世界公布一个不可思议的理论，因而多少有些战战兢兢。他面对着众多的物理学家们宣读了自己那篇关于黑体辐射的论文。在这篇论文中，普朗克提出用一种新颖的办法解决黑体辐射问题（所谓黑体，是指对光不反射、只吸收，但却能辐射的物体。经典理论认为光是一种电磁波，然而，由经典物理、麦克斯韦方程推导而出的‘维恩公式’和‘瑞利－金斯公式’，却与黑体辐射的实验结果不相符合，甚至导致‘当辐射的频率趋于无穷大时，辐射能量发散’的所谓‘紫外灾难’这种荒谬结论。）假设黑体辐射时，能量不是连续的，而是一份一份地发射出来的话，就可以导出一个新的公式，这个公式在频率较小时自动回到瑞利－金斯公式，在频率大时又自动回到维恩公式。因此，新公式在所有的频率范围，都与实验符合得很好。

但是，能量怎么能是不连续的，而且是“一份一份地发射出来”呢？就连普朗克自己都对这个发现感到震惊。

在此之前，牛顿力学和麦克斯韦方程构造出的坚不可摧的物理体系依然矗立，但是在场的每个人都感受到了一种大厦将倾的恐惧。他们不安却又激动，普朗克的工作似乎预示着，一个全新的宇宙观即将诞生。

世界的定理似乎要被重新阐释了。

后世的物理学家们将那一年确立为量子力学的诞生年。

在那一年，21 岁的爱因斯坦还只是个待业大学生，想着怎样去某个专利局谋一个小差事；15 岁的玻尔正在中学里头痛如何总结作文，一心想着一会儿要和弟弟在哥本哈根漂亮的街道上奔跑；刚满 18 岁的玻恩还在纠结是否要去学自己喜欢的天文学；富二代德布罗意只有 8 岁，正在热切地期待着圣诞糖果；

泡利是个婴儿，他的不相容原理正在他的奶瓶和摇篮里摇摇晃晃；海森堡甚至还没有出生，矩阵力学和测不准原理还隐藏在温暖的胚胎里；彼时，13 岁的薛定谔却一脸认真，正在课堂上质问老师是否相信上帝的存在……

在那一年，新的世纪安静到来。泰坦尼克还没来得及沉没，第一架飞机还没来得及飞翔。人们完全不知世界已经发生了奇妙的变革，让人类对于宇宙的认识有了巨大的进步和飞跃。彼时一切都还捉摸不定，和这门学科一样模糊神秘却激动人心，所有的一切才只是展现出冰山一角，却在许多年中让无数的人们前仆后继，奋力地追寻。一个新的理论在等待他的发扬者们长大成熟，一个关于世界本源的秘密正等待着被这些年轻人们揭开。

所有的一切都是崭新的，崭新的，闪闪发光。

"对科学来说，这种反复无常倒比始终如一好得多。"

薛定谔的波动方程和玻尔的波动力学发表后，年轻的科学家们反响热烈。但随之而来的是双方观点的碰撞——玻尔认为在相同的量子态上的所有粒子是物理上相同的，波函数给出了一个单粒子的物理行为的完备描述。而薛定谔认为在相同的量子态上的所有粒子是物理上不同的，波函数给出了一个粒子系统的统计描述，因此它在描述单个粒子上一定是不完备的。

正面交锋的机会很快来了。

事情缘起于 1926 年的 7 月 21 日，海森堡在那天的讨论会上向薛定谔提问该怎样利用他的连续模型解释如光电效应和黑体辐射这样的量子过程。薛定谔还没来得及回答，在场的威利·维恩就打断了他。海森堡回忆当时的情形："差点儿把我从那屋子里扔出来。"

"正太"海森堡在"大叔"薛定谔那里吃了苦头，感到很委屈，立即给自己的导师玻尔写信说了这件事。于是在当年的9月，玻尔邀请薛定谔到哥本哈根进行学（ji）术（lie）访（zheng）问（lun）。

哥本哈根优美安逸的城市景色并没有转移薛定谔的注意力，整个旅程他都只想着一件事：我绝对要说服那个家伙。

等待接站的玻尔则不耐烦地踏着火车站的地砖，暗下决心：老天啊，我绝对不会被那家伙说服。

（于是绝对要说服玻尔的薛定谔与绝对不会被薛定谔说服的玻尔终于会面了。）

没有寒暄，薛定谔一下车他们就开始了对量子跃迁[7]问题的论战。争论持续了一路，薛定谔再次表现出那种多少有些执拗的孩子气，不依不饶，玻尔家舒适的沙发也没有让他的心平和下来。争论非常激烈，每天从清晨到深夜，因为薛定谔住在玻尔家中，所以这种交锋几乎无休无止。

"根据电动力学定律，跃迁必须平稳连续地发生。"薛定谔紧皱眉头。

"不，跃迁确会发生，但我们不能用建立在描述日常生活的旧理论基础上的模型来想象它，因为这个过程不是能直接感受到的，我们的概念不能适用于它。"玻尔立即反驳。

"所以我们要做的只是转变观念，承认不存在作为粒子的电子，而只有电子波或物质波。这样原子的光辐射就容易理解了，比如当作天线发射无线电波，这样矛盾就解除了。”薛定谔灰蓝色的眼睛透过厚厚的镜片发出吓人的光。

“不，它们没有消失，只是转移到其他地方去了，比如推导普朗克黑体辐射定律时，原子的能量必须是离散的，其变换也是不连续的。”玻尔寸土必争，毫不相让。

争论没有达成任何共识。

薛定谔最终因感冒发热病倒了。

玻尔夫人悉心照料薛定谔，给他端茶送水，但是玻尔毫不罢休，在探病期间，他仍想再次说服薛定谔，他坐在床边，一脸认真：“但是，薛定谔，你必须明白……”后者近乎绝望地喊道：“如果这些该死的量子跳跃真的必须要保留，我将遗憾自己曾经卷入了量子理论！”玻尔却表示：“但是，我们大家却全都非常感谢你，你的波动力学是如此的清晰和简洁，是一次巨大的进步！”

薛定谔拒斥“哥本哈根解释”关于量子测量和量子跃迁所持的工具主义态度，但是他的客观化原理的哲学观是相当混乱的。一方面，他认为在物理学研究和在日常生活中，不能摒弃朴素的实在论，不能取消真实的外在世界的观念。他反对量子力学的几率解释，认为波函数只不过是体现了人们的认识的说法。然而在另一方面：在思维和存在的关系问题上，薛定谔却力图把思维和存在、心和物“合二为一”。他曾说：“主观和客观就是一个东西，主观和客观之间的界限并不因为现代物理学的成果而崩溃，因为这种界限并不存在。”这也反映了他本身哲学的矛盾性。

尽管玻尔本人很和蔼，但在这件事情上却表现出了寸步不让的狂热。正如海森堡在回忆中所说的：“他们都不准备向对方做出丝毫的妥协，也不准备容忍最小程度的含糊。简直难以形容他们辩论时感情强烈的程度，也难以形容他们的每一句话中人们可以觉察出来的那些根深蒂固的信念。”

这次争论深深地影响了二人，薛定谔意识到同时承认波和粒子的重要性，玻尔则带着他的互补性概念继续向前。海森堡是支持玻尔的一方，但他也在二人争论的基础上继续研究，最终发现了不确定性原理。

薛定谔和玻尔，海森堡之间没有个人恩怨，但是他们毫不留情地批评对方对于量子力学的解释。薛定谔写信给洛伦兹：“玻尔模型的频率差异看起来真是荒谬。”认为他的理论缺少形象化的模型，因而无法应用于现实中出现的新问题。海森堡则写信给好朋友泡利：“对薛定谔的文章了解越多我就越讨厌它。我认为他简直是在胡说八道。”泡利本来偏向于海森堡的观点，对于薛定谔的理论很不满，甚至提出了“苏黎世迷信”说法。但他仍给薛定谔写信说：“这不是针对你个人的不友善行为，我只是认为：量子现象很自然地展示出连续物理学（场物理）概念无法表达的内容。不过千万别认为这样想会让我觉得好受些，它已经使我痛苦万分。”薛定谔回信：“我们都是好人，只对事实感兴趣，并不在乎最后谁对谁错。局外人认为我们反复无常，可我们知道对科学来说，这种反复无常到比始终如一好得多。”

薛定谔在写给威利·维恩的信中写道：“物理学不仅仅局限于原子的研究，科学更不是只有物理学一种，而生活也不单单由科学组成。原子研究旨在把我们相关的经验知识与我们的其他想法联系在一起。其他所有的想法只要和外部世界有关，就在空间和时间中起作用。”

“地球上，他永远无法猜想。”

普朗克老了。

1926年，他68岁。这位开启了量子力学大门的勇士需要休息。柏林大学开始考虑未来的理论物理学教授职位一事，他们想要找人接替普朗克。

他们想到了薛定谔。

薛定谔本不想离开，他已经习惯了这座城市，这里有他六年的回忆，从壮年走到中年。他熟悉每一条生长着花朵的街道，熟悉每一年格罗斯大教堂传来的宣告春天到来的钟声。而他也正是在这里，发现了震惊世界的理论。可来自普朗克本人的邀约是那么动人：那里，柏林，也许会是自己事业的新起点。

反复考虑多时，薛定谔同意去柏林。

在他临走前的某个晚上，薛定谔正在家中用餐。忽然，妻子安妮兴奋地跑过来：“嘿，埃尔文，我看到街上有好多亮光！”

薛定谔迷惑地起身，走到窗前，隔着窗子，他模模糊糊地看见许多的小光点，一点点汇聚过来，似乎是朝着自己家的方向。

他马上下楼，打开房门。

“老师！”

薛定谔看到几个熟悉的学生举着火炬，站在门前，正对着他微微笑着。他们年轻的面容在火光映衬下鲜明而生动。

“这是……怎么回事?”课堂上风趣幽默思维清晰的薛定谔老师摸不着头脑。

“我们得知您要去柏林，所以用火炬游行的方式来送行。”另一个学生回答。“这是苏黎世的传统，”旁边的学生马上接话，“我们这儿的学生一直用这种方式表达对最受欢迎的老师的爱戴!”

薛定谔吃惊地走出家门，他看到火炬游行的队伍从自己居住的郊区一直往远方延伸，似乎是苏黎世大学的方向。队伍沿着街道绕行了很远，宛若一条光带那般熠熠闪光。以至于小城的许多居民都好奇地出来观看——苏黎世已经很久没有这种游行了。

薛定谔总觉得这才是真正的荣光，甚至比之后人生的许多光辉时刻更让他难以忘怀。

——他曾亲见过流淌在地上的银河。

1927年8月12日，薛定谔40岁了，在这不惑的年纪他写下一首诗：

“回首前尘，
四十年等闲度，
比起身边的基督教徒，他的人生经历少得多。
可对于这世界的成因，他懂得不少，却从不敢提起，
虽然他并不‘过于谨慎谦虚’。
幸运的是，他的知识将和他一起死亡，
现在他还可以同天使共享，
不过他所讲的是否会是个奇迹，

地球上，他永远无法猜想。”

地球上，他永远无法猜想。

即使多年以后，薛定谔也不会忘记自己离开苏黎世的那一天。沐浴在夏日光芒里的城市安静祥和，远方的阿尔卑斯山脉万年不动。身后是告别，而等待他的，又将是一次新的冒险。那时他尚不知自己会取得怎样的嘉誉，也不知自己将会领略多少新鲜的奥秘。可他依然热诚而天真，一如少年。

他只是满怀期待，行进在前往柏林的路上。

风吹了起来。

“我无法忍受被政治侵扰。”

1933 年 3 月。

德国的春天似乎一直没有来临。天气寒冷而阴郁。但是希特勒却是春风得意——两个月前他刚当选为德国总理，3 月 24 日，国会纵火案发生之后，他又如愿通过了魏玛共和国的《授权法》，将各项大权集于一身。德国也因此处于纳粹更加严密的统治中。

这是三月的最后一天。德国政府宣布这一日为针对犹太人的“民族联合抵抗日”。

街上到处是纳粹党员，一群带着卐字标识的恶棍也混入其中，跟着他们肆无忌惮地在街上游逛，他们守在犹太人的店面前，阻止人们进入，并且只要愿意，就随意殴打任何他们认为是犹太人的人。

而薛定谔正像往常一样，拎着为晚餐准备的一袋子香肠走在回家的路上。早上他已经知道“民族联合抵抗日”的新闻，可当他看到在不远处的一家犹太店铺前，几个年轻的纳粹党员正在殴打一位老人时，怒火中烧。

他快步走到一个人跟前，一边试图扶起倒地的老人，一边大声斥责：“你有什么权力这样随意殴打一位老人家!?”

“小矮个儿，别多管闲事!”年轻人轻蔑地扫了他一眼，伸手从后腰上掏出一根棍子作势要打，其他纳粹党员见状也都围过来。薛定谔更加愤怒。“你们这样做是可耻的行为!”

——“薛定谔先生?”

这时一个熟悉的声音响起来，薛定谔的愤怒僵在脸上，循声望去，那是一个年轻人，也带着纳粹袖标，但手上没有武器。薛定谔忽然回忆起这是谁——和自已同在柏林大学教授理论课题的弗雷德里希·莫克里希。他名字德语的姓氏意思为“可能”，由于他讲授的内容过于抽象，同学们都叫他“不可能。”

“不可能”教授走到他身边，一手扶住他的肩膀：“薛定谔先生，您还是赶快回家吧，这里一会儿就会好的。”

“但是你们……”

“不可能”教授为难地看了他一眼：“请您尽快回去，您的妻子安妮还在家里等您的维也纳香肠做晚餐。”

薛定谔明白了。

沉默几秒，他在一群纳粹党员的注视下，独自离开。

——事情并没有变好，而且看似已经没有这个可能。

纳粹统治下的德国继续向一个偏执的方向倾斜，即使是科学界也无法独善其身，每个科学家都要表明对“元首”的立场。

而原本就厌恶政治的薛定谔继续对当局采取沉默抵抗的态度，甚至一心只想离开德国。

弗雷德里克·亚历山大·林德曼是个古怪的物理学教授——当然，如我们所知，大多数物理学教授都很古怪。不过这个修饰词于他是很合宜的：他为人尖酸刻薄，很少进行系统的科研，似乎玩世不恭，但实际上对于自己所从事的领域万分用心。他很善于网罗人才。虽然他本人不是犹太人，但他眼见着许多犹太籍科学家受到越来越多的干涉，于是做了一份可能受到迫害的科学家们的名单，并建议他们离开德国。

林德曼去找薛定谔，本来是和他商量薛定谔的助手弗里茨·伦敦是否会被纳粹波及而不得以离开德国，所以应该让他考虑去牛津避难的事。但是没想到薛定谔坚决地表示：“我不知道他是否会受到影响，但要是他不去，那我去。”

薛定谔不是犹太人，照理说纳粹不会对他做过多的干涉，而他自己也不应该放弃在柏林稳定而又薪金丰厚的职业，毕竟，到了牛津一切都是未知数，但是薛定谔简直无法抑制对纳粹的厌恶，离开的决心也日益坚定。

于是林德曼向牛津推举了他。不久，薛定谔正式放弃了在柏林大学的职位，这等于是打了纳粹政体重重一耳光。纳粹实际上已经把他当作敌人。这之后不久，薛定谔甚至遭遇了和爱因斯坦一样的除名待遇，即使是玻恩这样的犹太教授都没有遭此对待。

人们问起他离开的原因，薛定谔的回答只有一句：“我无法忍受被政治侵扰。”

1938 年，薛定谔再次回到维也纳大学进行访问。

而在那一年，纳粹德国对奥地利的侵略也愈演愈烈，在这危急关头，薛定谔一改往日对政治的默然无视，在维也纳大学的大礼堂发表了一篇用词谨慎但是明白无误的政治评论：在演讲中，在讲解了学术内容之后，他加上这样一个结束语："当你从恒星的王国返回到现实世界中时，你会发现对一种概念的喜好，即想要把一个生存在这个世界的国家置于另一个国家之上，或另一个国家之下。"薛定谔的声音忽然充满了感情："无机自然的科学迫使人们崇拜存在于自豪和极端谦虚之间的更高秩序，这种秩序凌驾于我们之上，并且总是以相似的方式向我们展示。"

奥地利的人们站起来，对着他们的科学家报以热烈的掌声。

虽然后来薛定谔尽量不与纳粹发生任何牵扯，在他离开德国后甚至还收到过希特勒签发的称赞他为国家做出了贡献的打印信件，可尽管如此，他在纳粹的档案记录仍为"不可信赖"。

"大海有界，但深藏的欲望无解。"

与其说是来到牛津，不如说是流亡。

薛定谔到达伦敦的时候已经是深秋，他走得匆忙，半是旅行，半是逃难，所以当他到达牛津大学玛格达莱学院时，更像一个来自柏林的登山者。

玛格达莱院长乔治·戈登刚从欢迎薛定谔的宴会上回来，就立即得到了一个消息——

——1933 年的诺贝尔物理学奖将要授给薛定谔。

"我非常惊讶，我还以为你早已经获得过了。"乔治·戈登难掩兴奋，对薛定谔打趣道。

苦尽甘来。薛定谔在生活落魄的档口，迎来了自己人生辉煌的顶点。

一直以来，诺贝尔奖赋予与知识有关一切以极高的金钱价值，这也大大增强了人们对这些成就的敬仰。

到了斯德哥尔摩，薛定谔夫妇的朋友彼得·韦尔送给他们一本莎士比亚的《维纳斯和阿多尼斯》，在扉页上他写着："大海有界，但深藏的欲望无界。"

诺贝尔奖的名头并没有让薛定谔过分痴迷，不久后他就回归了正常的教学生活。在牛津，薛定谔每周只有一堂波动力学基础的课，冬天里教室非常寒冷，以至于当学生们坐在实验室里，发现他们只能靠彼此呼出的气息相互取暖。但他的课仍然非常受欢迎，很多年后，校友们重回牛津进行聚会时，大家都表示薛定谔的波动力学是他们在牛津听过的最好的物理课。事实上，薛定谔有这样一种能力：富于魅力又能浅显清晰地解释极为深奥的问题，这是其他任何物理学家都无法相比的。

然而薛定谔也有自己的苦恼——牛津大学的教师几乎全是男人，在这样的环境里久了，这些人甚至不知该如何与女性相处。他们外表华丽，举止做作，这让习惯了苏黎世生活的薛定谔非常不满（在苏黎世，他甚至可以有一个或几个情人，当然，都是女性），因而在这种情况下，薛定谔有妻子，这在牛津大学无异于离经叛道，不仅如此，他竟然还有情人，这就更加让人无法接受了。

薛定谔曾向马克斯·玻恩抱怨说："这些学院是同性恋的学院。看看他们造就出什么样的男人。"他无法忍受在学校用餐："你永远不知道坐在你身边的是什么人。你用平常的态度和他说话，但却发现他是一个大主教或是一个将军（暗指同性恋），哼！”

（薛定谔真是非常愤怒，尤其是这个“哼”字，深刻的表达了他身为一个直男的无奈与孤独。）

“薛定谔的猫”

物理学家和他们的小伙伴们都惊呆了。

200 多年前的某一天，法国物理学家托马斯·扬忽然想到一个挑战牛顿的光的微粒说而证明光的波动性的实验。原始的实验装置很简单，他用经过一个小孔的光作为点光源，点光源发出的光穿过纸上的两道平行狭缝后，投射到屏幕上。然后，观测者可以看到，屏幕上形成了一系列明暗交替的干涉条纹。干涉是波特有的现象，因此，实验中出现的干涉条纹是光的波动性强有力的证明。

可是奇怪的事情发生了。

当后来的物理学家们重新做这个实验，并用电子枪将电子一个一个地朝着狭缝发射出去时发现，电子双缝实验的结果竟然也出现了干涉条纹。虽然双缝实验的两条缝都是打开的，可每一个电子，原本应该像一发子弹那样，只能通过其中的一条缝到达屏幕。实验结果应该属于非相干叠加。但实际的情况却像是一个电子同时通过了两条狭缝，并且自己和自己发生干涉！

物理学家们仍不甘心，于是在两个狭缝口分别放上两个粒子探测器，以判定电子走的那一边。可这时奇怪的事又发生了：两个粒子探测器从来没有同时响过，而这时干涉条纹却消失了。

物理学家发现一旦想要观察电子到底通过哪条狭缝，干涉条纹便会消失。观测竟然影响了粒子量子行为。他们将这种现象称为“波函数坍塌”。即，量子叠加态[8]一经测量，就按照一定的概率，塌缩到一个固定的本征态[9]，回到经典世界。而在没有被测量之前，粒子则是处于‘既是此，又是彼’的混合叠加不确定状态。所以我们无法预知粒子将来的行为，只知道可能它塌缩到某个本征态的概率。

这就是以玻尔为代表的哥本哈根学派对量子理论的诠释。

就像上帝在掷骰子。

但爱因斯坦对哥本哈根派的诠释深恶痛绝，曾经生气地说：“玻尔，上帝不会掷骰子！”

玻尔傲娇地回复：“爱因斯坦，别去指挥上帝！”

哥本哈根诠释认为，量子力学从本质上来说是统计性的，是一个内在自洽的理论，也是对物理实在的完备描述。一个量子系统的量子态可以用波函数来完全地表述。波函数代表一个观察者对于量子系统所知道的全部资讯。

【哥本哈根诠释的基本观点如下：基本上，量子系统的描述是概率的。一个事件的概率是波函数的绝对值平方。（马克斯·玻恩观点）不确定性原理阐明，在量子系统里，一个粒子的位置和动量无法同时被确定。（海森堡观点）由于物质具有波粒二象性，根据互补原理[10]，一个实验可以展示出物质的粒子行为，或波动行为，但不能同时展示出两种行为。（尼尔斯·玻尔观点）测量仪器是经典仪器，只能测量经典性质，像位置，动量等等。（尼尔斯·玻尔与海森堡观点）对应原理：大尺度宏观系统的量子物理行为应该近似于经典行为。】

但是爱因斯坦不认同量子力学的几率解释，他认为量子力学背后一定还隐藏着一种更深层次的理论。1935 年 5 月 15 日，爱因斯坦发起了对量子力学的哥本哈根解释的抨击。这是一篇重要的论文：《能认为量子力学的物理真实性的描述是完备的吗?》（发表于《物理综述》）——也就是后人所知的著名的 EPR 论文（与鲍里斯·玻尔多斯基和内森·罗森合写）但文章并没有质疑量子力学本身，而是对它的完备性提出疑问。

【EPR 论文表明，假若局域实在论成立，则可以推导出量子力学的不完备性。在那时期，很多物理学者都支持局域实在论，但是，局域实在论这假设到底能否站得住脚还是一个严峻的问题。后来，1964 年，物理学者约翰·贝尔发表贝尔定理，证明这个假设与量子力学的预测不相符。专门检验贝尔定理所获得的实验结果，证实与量子力的预测相符合，同时证实局域实在论不成立。】

薛定谔敏锐地从中意识到论文反论的基本点——分离过程和由此而来的狭义现实主义的假设。于是他在当年的 6 月 7 号给爱因斯坦写信：“我的解释是，我们还没有一种与相对论一致的量子力学，没有与所有感应的有限传播速度一致的量子力学……传统的框架根本没有包括分离过程。”爱因斯坦热情地回信：“你是唯一一个我愿意与之交换意见的人。其他同行在看问题是几乎不是从现象到理论，而是从理论到现象，他们无法从已接受的概念网中跳出来，而只是在里面奇怪地蹦来蹦去。”

在玻尔用了 6 个星期认认真真地准备对 EPR 论文的反驳时，薛定谔在《自然杂志》发表了一篇名为《量子力学目前的状况》的文章，对他和海森堡创立的理论做了权威性的论述。在这篇论文中他第一次详细解释了物理学如何在实验数据的基础上，建立代表理想化或简单的实体的模型，以便进行数学分析。

这时候，年轻的海森堡已经提出了测不准原理。这个理论是说，在量子力学中，并不是所有的模型变量都可以同时确定，如果测量到坐标系中的确定值，并不能得出确定的动量值[11]。尽管如此，波动函数清楚地定义了模型的状态。但是薛定谔不认为这些变量在所有尺度上都是模糊的，因为当不确定性包括可见和可触摸的东西时，就不能称其为模糊。

在这时薛定谔想到了爱因斯坦曾请自己考虑的一种情况："假设在地球上，有一些随时可能自发性爆炸的火药。现在让我想一下，在某段时间里，该怎么用一种函数描述爆炸的火药和未爆炸的火药状态的叠加态呢？"

一个有趣的想法！

薛定谔思考地更深入。

他想象了一种结构巧妙的精密装置：将一只猫关在装有少量镭和氰化物的密闭容器里。镭的衰变[12]存在几率，如果镭发生衰变而发射出中子，就会触发机关打碎装有氰化物的瓶子，猫就会死；如果镭不发生衰变，猫就存活。根据量子力学理论，由于放射性的镭处于衰变和没有衰变两种状态的叠加，猫就理应处于死猫和活猫的叠加状态。简单来说：如果原子衰变了，那么毒气瓶就被打破，猫就被毒死。要是原子没有衰变，那么猫就好好地活着。

这只既死又活的猫就是著名的"薛定谔猫"。这个假设就是著名的"薛定谔猫佯谬"。

哥本哈根派认为，没有测量之前，一个粒子的状态模糊不清，处于各种可能性的混合叠加。比如一个放射性原子，它何时衰变是完全概率性的。只要没有观察，它便处于衰变或者不衰变的叠加状态中，只有确实地测量了，它才随机选择一种状态而出现。

而薛定谔把这个原子扩展成一只可爱的猫咪，将它放在一个不透明的箱子中，让它保持这种叠加状态。由此就可以自然地得出推论：当它被锁在箱子里时，因为我们没有观察，所以猫的状态是不确定的，只有当我们打开箱子察看，事情才最终定论——要么猫毫无声息的死去，要么它活着并且继续喵呜喵呜地对薛定谔卖萌。

如果我们不揭开密室的盖子，我们知道猫可能是死的，也可能是活的。这是它的两种本征态。可如果用薛定谔方程来描述这只猫，我们就只能认为猫处于一种活与不活的叠加态。而只有在揭开盖子并观察它的一瞬间，才能确切地知道猫是死是活。此时，猫的波函数由叠加态立即收缩到某一个（任意一个）本征态。

所以按照量子力学的解释，这只箱子里的猫就处于“死－活叠加态”——既死了又活着！要等到打开箱子看它一眼，才能决定其生死。

可新的问题出现了：在这一过程中，猫的波函数必须突然坍缩[13]。但物理学中没有一个公式能够描述这种坍缩。

讽刺的是，薛定谔的猫最终违反了薛定谔方程。

所以长期以来，出于实用主义的考虑，物理学家们只能先接受哥本哈根的诠释。它的优点是：只出现一个结果，这与我们观测到的结果相符合。因此哥本哈根诠释在很长的一段时间成了“正统的”、“标准的”诠释。

薛定谔不喜欢波粒二象性的二元解释以及波的统计解释，他一直试图建立一个只用波来解释的理论，并尝试着用一个理想实验来检验量子理论隐含的不确之处。他拒绝承认哥本哈根解释：除非进行观测，否则一切都不是真实的。

而爱因斯坦认为，量子力学只不过是对原子及亚原子粒子行为的一个合理的描述，是一种唯象理论，它本身不是终极真理，因此他不承认薛定谔的猫的非本征态之说，认为一定有一个内在的机制组成了事物的真实本性。

之后的数年间，爱因斯坦一直想设计一个实验来检验这种内在真实性是否确在起作用，但他没有完成这种设计就去世了。

薛定谔和他的猫最终弄得每一个量子力学物理学家都心神不安。之后的年头里又引发了一拨又一拨的猜想和争论。

他曾经回答过关于宇宙在生活中的意义问题：“这里的生活限定于宇宙中非常狭小的空间内，同时也局限在很短的时间里……时间和空间都是我感到惧怕……如果生活只是生活，那么在这里可以找到贯穿历史和广度的整个宇宙的意义。虽然我认为生活可能是一次偶发事件的结果，但我却不认为它是有意识知觉的。意识无法用物理术语说明。因为意识是绝对基本的。它无法使用其他任何事物说明。”

“在都柏林”

“这是我在爱尔兰的第一个春天。我带着自行车上了前往戈尔韦的火车。环绕着乡间别墅的高墙肃立着往后退着，慢慢消失在视野里。自然离你越来越近；安静、沉默、一望无垠的草坪，白杨，柳树，吃草的牲畜。没有激动人心的浪漫景色，但却令人心情舒畅。”

这是1940年5月的第一个星期，欧洲大陆的春天。薛定谔在日记中写下这样一段话。那时候他已经来到都柏林高等研究学院，这个学院奉行着这样的传统：“这里的学者应该完全享有完全的思考自由，并绝不受行政责任或行政事务的干扰。”

恰合他意。

薛定谔的公寓在海边。蓝色的海湾之后，是绵延的威克洛山脉。每天清晨薛定谔从这里出发，骑行6公里到达位于梅丽恩广场的学院。这时他已经53岁，可当他穿上漂亮的自行车服，头戴贝雷帽出现在都柏林的街道上，依然帅气而充满活力，甚至在当地自行车爱好者中也小有名气。他讲起话来总是显得温和，愉快，脸上时时泛起狡黠的微笑。都柏林的人们骄傲于有一位诺贝尔奖获得者生活在他们中间。不仅如此，薛定谔在爱尔兰语言、音乐甚至工艺设计方面的学识也格外引人瞩目。(他甚至有一个在极小的织布机上编织小木偶房子家具的爱好) 当然，最重要的一点是，薛定谔选择在都柏林高等研究院做教授，而不是在牛津。

这里的生活重归安逸，令薛定谔忍不住回忆起1932年的夏天，自己和当时的情人伊蒂在柏林共度的那段美好时光。但是美好中也暗藏了一段心酸往事：不久后伊蒂怀孕，薛定谔虽然一直渴望有一个孩子，不过这种渴望不足以使他下定决心同发妻安妮分手。伊蒂在绝望之余决定堕胎。几个月后，薛定谔做了个奇怪的梦。屋子里出现了一个人，一直喊着一个名字：“佐基，佐基”。像是他那未出生的孩子的精灵。

不过安逸的生活并没有消磨薛定谔的进取心。1944 年薛定谔又重新致力于最初他所喜爱的科学领域：“统计热力学”，并在都柏林高级研究院做了一系列演讲（1946 年由剑桥大学出版社出版）在不到 100 页的篇幅里，他以一种无与伦比的洞察力和清晰性概括了这个学科的基本原理，这也是他在 20 年代与普朗克·埃伦菲斯特、爱因斯坦交流讨论的结晶。

事实上，1943 年到 1951 年，薛定谔几乎将全部精力用于寻找一个可以包含地球引力和电磁力的统一场理论[14]。他从自然是一个整体这一形而上学的信念中获得了灵感，这一信念自他 20 年前在《我的世界观》里写出来以后，就没有过动摇。他曾说：“只有形而上学能激励人们从事艰苦的理论物理工作。”薛定谔对世界有一种客观而本源的直觉，这是一种理性的神秘主义，不同于爱因斯坦的那种敏锐，他的直觉是一种坦率而真诚的探索。

薛定谔对这一理想的追求很容易被理解。因为他曾被灵感的风暴所席卷，曾让微观物理世界的奥秘以数学公式的形态矗立，他有这个能力去追寻，这是知识所带来的骄傲的诱惑。像是种召唤，让他自然而然地选择去追求公理体系的整体性。因为从数学理论这个窗口看到的宇宙风景是如此的纯粹和美丽，因为他曾到达过知识探索的边缘，因为他发现将理论基本简化的理想开始有了实现的可能，宇宙最精妙的秘密即将展现，真理以从未有过的亲近面目现身于世人的面前。

这不能不使人激动并且愿意为之奉献终生。

薛定谔正是抱着这样的理想走在这条道路上。即寻找那个最终真理：统一场理论。

但实际上，他和爱因斯坦没有像同时代的年轻人一样追求创新，他们所用的技术在爱因斯坦和希尔伯特早年的文章、外尔 1918 年的书和爱丁顿 1923 年的书中就已经完全确立了。他们所做的只是试着将已在广义相对论⑮中证实的方法在更大范围内加以扩展。

对探索知识的工具的保守态度却并没有影响薛定谔喜欢年轻人。在都柏林，他曾资助过一个叫阿尔弗雷德·舒尔霍夫的学生。当他感谢薛定谔时，得到的回答只是："没什么，我原来也许可以有个儿子。"

"生命是什么"

薛定谔带着那副厚厚的眼镜片坐在办公室的椅子上，他叼着烟斗，享受着清洗、装烟，捣碎然后点燃的过程，如果有人来访，而这个人也吸烟的话，整个房间里就会烟雾蒙蒙。这是 1943 年的 2 月，春天之前的寒冬。偶尔他起身往身后的佐治亚式壁炉里添加煤炭——当然，深入的思考常使他忘记这点——他正在准备在三一学院演讲时用的演讲稿。

后来这次演讲的内容被编撰成一本小册子。即著名的《生命是什么》。

薛定谔在这书中提出一个问题：在生命机制边界上，在空间和时间上发生的事件该如何由物理和化学来解释？问题的难点在于活细胞中最重要的部分——染色体纤维——应该叫作"非周期性的晶体"，他预言这将成为分子生物学这一新科学中最基本的概念：染色体上写有密码的信息："染色体的结构对所预示的发展是有帮助作用的。它们把建筑师的计划和施工者的手艺合为一体。”

这就是遗传密码概念的诞生，薛定谔是第一个用清晰的物理术语表达这一概念的人。他将其定义为“确定遗传特征的假想物质载体。”在书里他还提出了一系列天才的思想和大胆的猜想：突变是基因分子中的量子跃迁引起的，突变论是物理学中的量子论，基因的持久性和遗传模式长期稳定的可能性能用量子论加以说明；染色体是遗传的密码本；生命以负熵[16]为生，是从环境抽取“序”维持系统的组织。

薛定谔激励物理学家们转向生物学的研究：“从德尔布鲁克的遗传物质的一般图形来看，存在着这样一个情况，即如果有生命的物质不遵循现有的‘物理定律’时，那么可能会发展出一种尚不为人知的‘其他物理定律’。但是，一旦揭示了这些定律，它们将成为一种科学不可分割的一部分。”著名的生物学家弗朗西斯·克里克（他发现了脱氧核糖核酸 DNA 的双螺旋结构）认为这本书“极具影响力”，甚至吸引了许多本来一点都不懂生物的人。

客观地说，即使没有这本书，分子生物学的发展也会继续，但是速度却不会这样快，一个物理学领域的人对于另一个伟大研究领域“生物”的发展产生了催化作用，这在科学史上也是极为少见甚至可以说是独一无二的。

“聪明的淘气鬼”

这是二战的第五个年头，薛定谔已经年近 60，但是身体依然健康。爱尔兰的漫漫寒冬之后，当他漫步在春天的欧肯内尔的大街上，仍像个年轻人一般深受美景的感染。

不久之后，薛定谔收到了广岛原子弹爆炸的消息，这让他极为震惊，认为这是一种新的恐怖，而自己绝不愿意参与其中。那时候，与当时绝大多数的物理学家不同，薛定谔从来不把他的智力用在大规模毁灭性武器的发展上。

1946 年的圣诞节，薛定谔写信告诉爱因斯坦他完成了一个复合场的变异程序。1947 年新年那天他收到了一个新年礼物——来自爱因斯坦的回信，信中爱因斯坦称呼他："你真是一个聪明的淘气鬼。"薛定谔回信表达了他的喜悦："即使是皇帝或国王的尊贵来信，无论是授予我嘉德勋位还是红衣主教的红帽子勋章，都比不上你在那种情况下成为我聪明的淘气鬼，我真是倍感荣幸。"

薛定谔思考一个问题并试着在头脑中形成一个清晰的图像时，他不愿意与任何人交流；而一旦图像变得清晰起来，结果已经如此的精致，以至于其他人已经无事可做。在他的晚年，他在演讲、文章、广播谈话以及几乎所有与其他科学家的通信中，都会选择各种各样基本的想法和概念，并试图找出一个起码令他自己的理性和直觉都满意的最终答案。对于薛定谔来说，没有什么事情是已经完成的，他总是期待着最后的。伟大人物的伟大期望总是不能得到完全的实现。

他曾经在日记里写道："科学是一种游戏——但是带有现实性，带有锋利刀刃的游戏……如果把一张画小心地剪成 1000 份，当你把这些碎片重新组合成一幅画时，你就解决了一个难题；无论成败与否，你的智力都在竞争。解决一个科学问题时，另一个参与者是上帝。它不仅设置问题。而且设计游戏规则——但规则却不是全然已知，其中一部分要你去劈开黑暗的鬼怪——或是让它毫不留情地挫败你。不确定的是有多少规则是由上帝自己永远决定的，有多少显然是由你精神的惰性引起的，只有摆脱了这个束缚，才可能找到解决办法。这可能是游戏中最令人兴奋的事情。因为这时，你在和想象中自己与神之间的边界做斗争——一个可能并不存在的边界。你也许可以自由地越过每一个羁绊，把自然的意志变为你自己的意志，不是去破坏或者征服它，而是要让它自己心甘情愿。”

薛定谔在他晚年所写的《意识与物质》中写道：“科学从不强加于人们任何事物，它只是陈述。科学的目的只不过是对客观事物做出正确恰当的陈述。科学家强加于人的只有两点，即真理和真诚，他不仅迫使自己，同时也迫使其他科学家遵从。”

他的笔触饱含深情：“对于我来说，再也没有比达到科学的美更高的目标了。”

“上帝手中的薛定谔”

在奥地利的阿尔贝巴赫举行的夏季会议之后，薛定谔夫妇和利瑟·迈特纳一起到附近的山上游玩，可是这一次乐于登山的薛定谔却被远远地落在后面，他老了。从前和好友托尼奥·雷拉在山上寻找路标探险的那个少年的形象早已经在他身上消失了踪影。

他那时候病得很重，但总是拒绝看医生。

薛定谔非常颓丧，他饱受静脉炎和支气管炎的困扰，并且忍耐着都柏林漫长的冬天。1956 年 2 月的一个晚上，他找出四种安眠药，用威士忌喝下去。第二天早上安妮喊不醒他，赶忙叫医生过来。后者吃惊的表示："他从未这样过，几乎杀了自己。"幸而在安妮的照顾下，薛定谔才稍稍有些恢复。甚至又可以重新开始工作。

在当年的 4 月 13 日，薛定谔再度回到奥地利，进行了他人生中最后一次辉煌的演讲"原子概念的危机"："世界的物质画面被严重动摇了，现代物理学正经历一场革命，实验表明波是真实的，甚至是基本的实体，可以直接地，容易地被观察到，但今天也有许多人认为物质同时为波和粒子，但必须警惕太哲学化的物理，因为它会导致似是而非的解决方法，并阻碍更深层次的理解。"他的外表依然优雅而风趣，他的演讲仍然清晰而明确。台下坐着他昔年的相识：同学，老师，甚至还有初恋女友。人们在演讲之后热烈鼓掌，没有什么能形容奥地利人对这位大科学家的敬佩与热情的程度。

阔别多年，他终于再度回到这里。熟悉的维也纳的博格剧院，歌剧院，流连过的卡腾纳街，途径的辉煌的纪念碑。这才是他的家。

薛定谔沉浸在一种久违的满足与幸福中，可身体的衰弱所带来的死亡暗示仍使他忧心忡忡，当他经过大学校园时，看到先哲们的雕像伫立在建筑之间，他忽然倒吸口冷气，对身边人说："我们赶快离开这吧——我觉得我好像走在未来的坟墓里。"

不久之后，他的朋友阿瑟·马奇去世了。薛定谔因此写信给自己的情人希尔德，引用了一段里尔克的诗：

“死亡悄然而至，我们却一无所知
它从来没有给过我们只言片语
我们没有理由对它赞美、热爱
甚或仇视
它只不过是被极度悲伤所扭曲的
面具”

约翰·辛格是薛定谔在都柏林的同事，他自称是无神论者，却用一幅画捕捉到了薛定谔的姿势——在图画里，正在沉思统一场论方程的薛定谔被上帝握在手里。他对真理的追求永远不能达到终结。从他还是个一边拿着第一一边向着老师质疑上帝的小男孩时，到饥寒交迫的战争年代，从取得科学成就的伟大岁月，到进入暮年而从事哲学研究为止，薛定谔从未放弃对科学之美和世界真理的追寻。就连在他病重的时候都曾经写信给马克斯·玻恩，最后一次驳斥对波动方程的概率解释：

“马克斯，你知道我爱你，任何事情都无法改变这一点。但是我的确想让你彻底地洗洗脑子。所以，好好听我说。你轻率地一再宣称哥本哈根解释几乎已被普遍接受，甚至在那些任你摆布的外行听众面前毫无保留地断言，这是有声望的人所能达到的极限……面对历史的裁决，难道你就没有忧虑？你真的确信人类不久就会向你的傻念头屈服吗？”

1960 年春天，薛定谔的呼吸系统出现异常，他 40 年前的肺结核病竟然复发了。住了大半年的医院之后，薛定谔坚持要回家，他不止一次地对医生说：“人生在家里，也要死在家里，即使那样会缩短我的生命也在所不惜。应该尽力让垂死之人的最后日子充满美丽，而不是单纯地在病床上多活几天。应该让他在樱花盛开的风景胜地喝酒，喝个够，然后让他服用鸦片，最后在大家不知情时沉入永恒的安眠。”

医生最后同意让他在家中养病。

那一年阿尔贝巴赫的秋天，他衰弱的躺在自家的阳台睡椅上，只能安静地，长久地遥望远方白雪覆盖的山脉。偶尔阳光的影子流转过来，在这位年老的物理学家脸上投下轻盈的光斑。

在他生命的最后阶段，妻子安妮一直陪伴着他。在过去的41 年中，欢乐和痛苦一直把他们紧紧连在一起，在这所剩无几的时间里几乎没什么能把他们分开，甚至，他们隔几天就会互写情书。

安妮每天握着薛定谔的手。夫妇俩就这样沉默地相处，有时候会待上 4 个小时，只有吃饭和睡觉时才离开。越到晚年，青年时期乐于与女性交游的薛定谔对发妻安妮的依赖就越深厚。薛定谔常说：“因为我又有了你，所以一切又都变好了。”

在他发烧的时候，经常大谈关于物理学的胡话。而清醒时，他虽然偶尔会提及自己多病的身体，但总是很客观地叙述，并不抱怨，他很乐观地听天由命。

而这种从容或许也因为，他已经在有生之年从知识的洪流中识别过真相。

1961 年 1 月 4 日，薛定谔的身体大幅度衰落下来，他躺倒在床上几乎无法动弹，只是一遍一遍地对着身边的妻子说：“安妮，和我待在一起——这样我就不会死去。”然后他安静下来。傍晚时分，他躺在自家的床上去世了。妻子安妮最后一次吻了他。

他的挚友汉斯·蒂灵负责处理后事。本来薛定谔不是天主教教徒，在阿尔贝巴赫教堂的属地下葬有些问题。但牧师听说他是罗马教皇科学院成员时表示了宽容，特许他在教堂安葬。

前往教堂的路上是厚厚的，一整个冬天的积雪，但是几乎所有的阿尔贝巴赫人都来参加了葬礼。那是1961年的1月9号，一个没有阳光但是依然明媚的中午。前来悼念的人们彼此低声交谈，鸽子绕着教堂的塔尖缓慢飞行。

钟正在敲响。

注释：

①自旋：是微观粒子的一种性质。自旋为0的粒子从各个方向看都一样，就像一个点。自旋为1的粒子在旋转360度后看起来一样。自旋为2的粒子旋转180度，自旋为1/2的粒子必须旋转2圈才会一样。自旋为1/2的粒子组成宇宙的一切，而自旋为0，1，2的粒子产生物质体之间的力。（自旋1/2没有经典对应，所以只算形象理解。）

②电荷密度：在电磁学里，电荷密度是一种度量，描述电荷分布的密度。

③波包：是一群平面波在空间的一个小区域内的叠和。这些平面波都有不同的波数、波长、相位、波幅，都分别地建设性干涉于空间的一个小区域。波包是以一个整体的形式传播于空间，又称为“波列”。波包是薛定谔方程的数学解答。在某些区域内，波包所囊括的面积的平方，可以诠释为找到粒子处于那区域的概率密度。

④波函数：量子力学中用来描述粒子的德布罗意波的函数。

⑤非相对论粒子：相对论性粒子是指运动速度达到或接近光速的粒子，常见的如光子，中微子。非相对论性粒子则反之，如原子中的电子，一般速度不超过光速的1%，可以近似看成非相对论性粒子。

⑥相对论效应：狭义相对论有两个基本原理：光速不变原理（就是在任何速度匀速运动的参考系中，光速不变）和相对性原理（就是在任何惯性系中，物理定律的形式都是相同的）相对论的这两个原理不同于经典力学的时空观，因此当物体高速运动时，会产生一些可观测的奇妙的效应，例如：运动的尺缩短，运动的中变慢，运动物体质量变大，横向多普勒效应，等等。

⑦量子跃迁：量子力学体系状态发生跳跃式变化的过程。原子在光的照射下从高（低）能态跳到低（高）能态发射（吸收）光子的过程就是典型的量子跃迁。即使不受光的照射，处于激发态的原子在真空零场起伏的作用下，也能跃迁到较低能态而发射光子（自发辐射）。除了辐射过程之外，其他散射过程、衰变过程等也都属于量子跃迁。

⑧量子叠加态：在量子力学里，假若一个量子系统的量子态可以是几种不同量子态中的任意一种，则它们的归一化线性组合也可以是其量子态。称这线性组合为“叠加态”。假设组成叠加态的几种量子态相互正交，则这量子系统处于其中任意量子态的概率是对应权值的绝对值平方。

⑨本征态：在理论物理中，若某一物理量A的算符A´作用于某一状态函数＄，等于某一常数a乘以＄，即A´＄＝a＄（1）。那么，对＄所描述的这个微观体系的状态，物理量A具有确定

的数值a，a称为物理量算符A的本征值，$称为A的本征态或本征波函态或者本征函数；在矩阵理论中，$称为特征向量，a为特征值（本征值）。

⑩互补原理：是丹麦物理学家玻尔为了解释量子现象的主要特征——波粒二象性而提出的哲学原理，认为微观粒子同时具有波动性与粒子性，而这两个性质是相互排斥的，不能用一种统一的图像去完整的描述量子现象，但波动性与粒子性对于描述量子现象又是缺一不可的，必须把两者结合起来，才能提供对量子现象的完备描述，量子现象必须用这种既互斥又互补的方式来描述。这个原理是玻尔对量子力学中“测不准原理”做出的哲学解释，也是哥本哈根学派的基本观点。

⑪动量值：即质量乘以速度。动量是一个矢量，其大小为mv，方向就是速度的方向。

⑫衰变：指放射性元素放射出粒子而转变为另一种元素的过程，如镭放出α粒子后衰变成氡。

⑬坍缩：作为数学术语时，指混乱的叠加态突然结束。

⑭统一场理论：一种只用单一场论就可以允许所有种类的基本相互作用之间的基本粒子，在同一原则之下可以解释他们之间关系的物理理论。这个名词首先由阿尔伯特·爱因斯坦提出，他同时也是试图整合广义相对论以及电磁学成为一个单一场论的物理学家。

⑮广义相对论：是阿尔伯特·爱因斯坦于1916年发表的用几何语言描述的引力理论，它代表了现代物理学中引力理论研究的最高水平。广义相对论将经典的牛顿万有引力定律包含在狭义相对论的框架中，并在此基础上应用等效原理而建立。在

广义相对论中，引力被描述为时空的一种几何属性（曲率）；而这种时空曲率与处于时空中的物质与辐射的能量－动量张量直接相联系，其联系方式即是爱因斯坦的引力场方程（一个二阶非线性偏微分方程组）。从广义相对论得到的有关预言和经典物理中的对应预言非常不相同，尤其是有关时间流逝、空间几何、自由落体的运动以及光的传播等问题，例如引力场内的时间膨胀、光的引力红移和引力时间延迟效应。

⑯负熵：熵指的是体系的混乱的程度。负熵即熵减少，是熵函数的负向变化量。

谦谦君子：玻恩篇

“学生”

这一年，玻恩已经72岁了。

人生就这样进入了从心所欲不逾矩的年龄，或许只有在这时，一辈子谨慎小心，以谦谦君子之貌度过大半生的他，可以好好地放松一回——他应当休息。

可没想到，就在这一年，1954年，玻恩因他在28年前就提出的量子力学波函数的统计诠释获得了诺贝尔物理学奖（同年的获奖者还有核物理学家和射线研究者瓦尔特·波蒂）。这份荣誉来得太迟了，他的许多同事朋友早就在多年前量子力学的黄金时代时就已获得这份殊荣，甚至他的弟子们，也早早凭借这份荣誉名满天下。只有玻恩，虽然勤勤恳恳，默默耕耘，却与其错过了这么多年。

肯定总是要来的，虽然可能会晚一些。

有人为其不平，倒是玻恩自己看得开：“在1954年使我荣膺诺贝尔奖的那些工作，未曾包含某种新的自然现象的发现，只是对观察自然现象的新方法的论证。”他如此解释自己迟于获奖的原因。那时候，他刚从爱丁堡大学退休，虽然早就是英国籍，却还想返回故乡德国去。

爱因斯坦至死没有回到的家乡，玻恩却选择在暮年时回归。朋友们因担心德国的局势都反对他，可玻恩却说，希特勒的法西斯政权摧残了德国的民主，因此更需有人去宣传民主精神。他的儿子曾如此评价这一时期父亲的主要工作：“用科学对社会、经济和政治的影响来教育德国和一切地方有思想的人们。”

他在巴特皮尔蒙特定居，那里，离他青年时求学的地方哥廷根非常近。玻恩在这里仍然继续量子力学的研究，就像回到了年轻的时候。

那时，他的老师是鼎鼎大名的数学天皇大卫·希尔伯特。在这些学生心目中，他“就像一位穿杂色衣服的风笛手，用甜蜜的笛声引诱一大群老鼠跟着他走进数学的深河”。希尔伯特的确是个天才老师，起码在马克斯·玻恩心中是这样的。

时光退回五十年前，年轻的玻恩战战兢兢地出现在老师办公室门口，见他看到自己，立即上前，稍显困窘地说：“教授，实不相瞒，我最近一直在为考试担心。”

“噢？那好，马克斯，说说你担心什么吧。”希尔伯特笑眯眯地看着眼前的青年——这是自己最满意的学生之一。这个小伙子非常有才华，但却非常踏实严谨。

“我很担心这次考试的数学部分。”

“那么，哪一部分是你最没把握的？”

玻恩想了想，决定实话实说："是'理想理论'。"玻恩心里打起了小算盘，说不定这么一说，考试的时候，老师就会避开这个难点，自己也就不用再纠结于此了。

"好，我知道了。"

玻恩长舒口气。

终于挨到了考试当天，可出乎玻恩的意料，希尔伯特抛出的每个问题几乎都关于"理想理论"，玻恩目瞪口呆，支支吾吾答不上来，考试结束，他懊恼极了。

"老师，您考试时为何一直问我我不擅长的理论？"带着点委屈和迷惑（天啊，我不是提前和你打过招呼吗？），玻恩追上了正大步离开的老师。

"啊，亲爱的马克斯，"希尔伯特依旧笑容满面："我只是好奇你对自己一无所知的问题知道多少。"

玻恩："……"

不过玻恩最终还是顺利地从大学毕业了，继续跟着这位在具有伟大天赋的同时还富有人情味的老师。希尔伯特的讲义很少，因为对大多数问题他的想法都是"这么简单的事就不要浪费时间了"。玻恩只好努力把他没讲到的地方补齐。他后来成了希尔伯特的私人助理，虽然没有工资，可玻恩几乎能每天都和这位大师在一起工作，甚至闲暇的时候，能和他还有同样大名鼎鼎的闵可夫斯基一同在森林里漫步。两位大师不仅谈论数学，也谈论社会和国家，这深刻的影响了玻恩，使其终其一生也保有同样的对传统制度的批判。玻恩兢兢业业，任劳任怨地辅佐他的工作。那时，他 23 岁，还是少年。他无法预料自己会在哪些领域驰骋并建立功勋——他学习的东西太广泛了，天文学、数学、哲学……更无法预料，半个世纪之后，在历史变迁中起起伏伏，经历了沧桑时事的他，会再次回到这个地方。

“玻恩幼儿园”

很快，玻恩也走上讲坛，成为一位老师，他讲得怎么样？

哥廷根大学的一些研究其他领域的人有时也会向玻恩请教一些物理问题，不过——这对听课者说绝对是个严峻的考验。

“猜猜当时的实际情况是什么？”多年后一个听课者说。

玻恩表示愿闻其详。

“实际上我们一点儿都没听懂你在讲什么，我们只是不好意思当场溜掉。”这人是海蒂的哥哥，而海蒂，后来成了玻恩的妻子。(可怜的玻恩被大舅哥吐槽了一番。)

而这么一位糟糕的老师，却在后期培养了一大批星光闪耀的学生——海森堡、约尔丹、洪德、奥本海默、冯·诺伊曼……也包括中国的物理学家彭桓武、杨立铭和程开甲等，可谓真正的桃李满天下。

这是因为玻恩很快意识到了自己的短处，并且开始改进教学方法。他讲授《原子物理》时，不再照本宣科，或者只给出一些抽象的概念，而是带着学生们一起做题。有一次让大家计算晶体点阵中的一个原子所受其周围原子的力，玻恩先让学生自己提出方法，先从某一原子最邻近的原子给它的力开始，再逐步向外推开去。学生们各自提出不同的策略，讲得对的玻恩就写在黑板上，不对的，他继续诱导，步步推进，直到得出正确答案。就这样，他将实际研究的过程直观地展现了出来，慕名来听他的课的人也越来越多。

当老师的年头够久，就会遇到各种类型的学生，有青年才俊型的海森堡——他聪明，好学，在玻恩组织的讨论课上，他是主要的参与者之一，海森堡曾在课上跟他们讨论过“跃迁量”的概念，他敏锐地发现，公式中出现的“跃迁量”总是和经典理论中振动振幅的平方相对应，如此一来，可以试着将其写入公式。玻恩对他循循善诱，可以说，矩阵力学的萌芽，很可能就是这么产生的。

不过不是所有学生都这么省心，还有晚上不睡，早上不起的泡利来“折磨”好脾气的玻恩。他不是去泡夜店，就是去跟人跳舞——虽然他是个胖子，可却非常灵活。泡利习惯晚上活动，因此第二天他醒来时，一天已经过半了。这时候泡利已经是玻恩的助教，可这位助教，还得让玻恩叫人去专门叫醒，他才能去帮老师上课。

但是玻恩是怎么对别人评论这位不靠谱的助教的？

有一年玻恩哮喘病发作，不能讲课，就请泡利代课，他写信给爱因斯坦：“年轻的泡利很令人激动，我不会再找到像他这样优秀的助手了。”那一年泡利才 21 岁，完全是个孩子，他天赋极高，因此有些放浪形骸。而玻恩也是真心爱才，他这样写信给爱因斯坦，也是一种举荐——年轻人要想进入科学共同体，需要这样的评语，如此替他人着想，甚至到了要撒谎的地步。这位老师也真是憨厚至极——所以飞扬跋扈的奥本海默，自然也不会对玻恩太客气。奥本海默年轻时候高高瘦瘦，非常清俊，智商极高，又因为年轻时就很出名，所以说话特别直白，他来哥廷根跟着玻恩读博士学位。玻恩知道自己不擅长做冗长运算，又很信任奥本海默，就把自己论述电子和氢原子碰撞的论文给他看，一如既往的谦和：“你先看一下，帮我校对其中的运算，过两天再告诉我，你有什么意见。”

几天后，奥本海默带着文章去见玻恩：“ 这篇文章写得非常之好，我一点错都没找到，真是你自己写的吗?”

玻恩：“……”（这位老师的内心是崩溃的。）

傲慢的奥本海默就这样跟谦逊的玻恩学习，他们后来合作过一篇论文，里面提出了著名的玻恩——奥本海默近似，给定了用数学方法处理分子的基础。

玻恩非常关心他的学生，事无巨细，因为随和的个性，学生们经常出入他的家。和玻尔类似，玻恩也愿意与学生来往，有人甚至把他创立的哥廷根学派戏称为“玻恩幼儿园”；而和玻尔不同，玻恩不是一个领头羊，他更喜欢为自己的学生做补充工作，他如此谦和，不慕名利，却培养出那么多光彩熠熠的明星学生。

可惜这些学生功成名就后，有意无意间，都无视了玻恩的贡献：海森堡几乎只字不提玻恩对矩阵力学的重要影响，泡利也像完全忘记了玻恩，奥本海默更是极少提及他。

“幼儿园”里的孩子们离开了，忘记了童年期指给他们第一缕光的人。

玻恩却并未太过介怀，名利对于他来说，似乎不是那么值得追逐的东西，他是那种真心热爱科学发现的人，也因此真心欣赏那些在科学探索上具有天赋的人，他只想指导他们，却从不太过指望以此获得荣耀。事实上，玻恩总是提到他人的功勋，而将自己视为二流的物理学家。

就是这个“二流物理学家”，给出了量子力学波函数的概率诠释。甚至量子力学这个名词，就是他在1924年6月一篇名为《关于量子力学》论文中首次提出的，（量子力学，即矩阵力学与波动力学的统称）玻恩当时的想法是，这种新的力学要求一种离散化的原子物理学，应当把适用于连续过程的微分方程换成适用于不连续性的差分公式——只要将微分用差分方程代替，依据玻尔的对应原理，就可以完成经典力学向量子力学过渡。

后人如此评论这个看似不起眼的想法：这是将经典公式翻译成它们相应的量子对应物的处方，对矩阵力学的发现具有重要的作用。大卫·C·卡西第则如此评价："在玻恩的新量子力学中，一切事物似乎都已严丝合缝。虽然这还不是即将代替原子中经典力学或半经典的玻尔——索末菲量子理论的那种量子力学，但是玻恩的新法则却是沿着那个方向迈出的一大步，而且对一年以后实际量子力学的表述来说是不可缺少的。"这后来被人称为"玻恩对应法则"。

可惜玻恩从不宣传自己的工作，他马上将这些想法在讨论班上讨论，希望能启发自己的学生。很快，他收到了回音。可惜这回音令他兴奋，也令他之后的人生有了些许遗憾。

"创立量子力学"

1925年的某一天，哥廷根大学数学研究班的门被推开了，数学系的老师和学生们抬起头来惊讶地看着闯进来的人——这正是玻恩曾经的老师大卫·希尔伯特。

"你们怎么还坐在这谈这些琐碎的小问题！"希尔伯特喊道，"你们可知道隔壁物理研究所的那群人在做什么伟大的事情吗！"

“那群人”指的就是玻恩和他的徒弟们。伟大的事情，当然指的是新兴的“量子力学”。

那时玻恩已经发展了晶格动力学理论，可他在研究中发现，似乎需要新的理论来处理固体比热和离子晶体，而这也许与玻尔当时提出的量子理论不同。这时候，玻恩已经开始怀疑，即使附加上普朗克、玻尔和索末菲所提出的量子条件，经典力学也不一定适用于原子领域了。

应当革新，而不是调和。新的理论应当树立起来了。抱着这样的信念，玻恩一边与脾气暴躁，不拘小节的泡利讨论将微扰理论用于原子理论的可能，一边跟海森堡研究氦原子，同时，他还和数学家约尔丹一起研究多周期体系。

量子真是一个奇怪的概念，里面总是出现“跃迁量”，大量的研究使得他们产生这样的想法，这种跃迁量，是不是和经典理论存在某种对应？

振幅的平方！

这恰好能构成“跃迁振幅”的概念，还符合玻尔的对应原理。

如果沿着这条路走下去，是否会更接近真相呢？

如果在晚年回首往事，这段记忆一定是最鲜明和难以忘怀的。玻恩依然记得两年前，1923 年的秋天，不满 22 岁的海森堡出现在自己面前时的样子。他充满活力，又微带腼腆，就像个刚从农场归来的小伙子，不过他由于实验课的问题，只以勉强及格的成绩通过了慕尼黑大学的博士考试，多少显得有些沮丧。

可玻恩看重海森堡的才华，还是留用他作为自己的助手。没想到这个小伙在第二年，就凭借“关于量子论的形式规律在反常塞曼效应问题上的更改”的论文成了讲师。

两年后的五月底，一向健康的他竟然生了枯草热病，玻恩给他假期，让他去赫尔兰岛治疗。也许是因祸得福，赫尔兰岛清新的海风吹得他心头明澈，灵光就这样降临。海森堡从不应当运用不可观察的量，而应使用可观测量这个原则出发，引进了符号运算，写成了一篇名为《论运动学和力学联系的量子论诠释》的论文。

海森堡回来了，他的病此时也好了，可是，新的忧愁泛上他年轻的脸颊：“我不知道是否应该发表这篇论文，事实上，我已无法再推进一步。”

玻恩拿着他的论文仔细阅读。论文里提出离散的，不连续的数集的概念，而最离奇的是其应用的一种不对易的乘法法则——这种奇怪的乘法法则到底是什么？玻恩看着这份论文，竟觉得有些不安。或者更恰当地说，是不快：“xy 不等于 yx 这一事实，当时对我来说是很讨厌的。我认为在整个方案中这是唯一的困难，否则我会舒服得多。”他回忆起那些讨论课，有个答案似乎近在咫尺，可他怎么也想不出。时间就这样过去了一周，到了第八天，玻恩终于回忆起这个奇怪的算法是什么——这正是自己在布雷斯劳大学时从罗桑斯教授学到过的代数理论——海森堡提出的数集就是矩阵元。这是物理学家还不熟悉的矩阵运算，但这必须对海森堡的表述形式做出改变以后才能看出。玻恩对此做出简化，用海森伯的形式重新写出玻尔的量子条件，就立即认出了它的形式意义——它意味着两个矩阵并不是同一的，玻恩将海森堡的思想提纯，并给出了形式基础。

玻恩欣喜异常：“我对此着了迷……海森堡的思想给我留下

了深刻的印象，对于我们一直追求的那个体系来说，这是一次伟大的突破。”连忙把论文推到《物理纪事》发表。自己也急切地想从数学上完善这个理论，他找到泡利，但泡利以他一贯的自负和毒舌如此回应：“住手！我就知道你喜欢那种冗长和复杂的形式主义，但别用你那形式化的数学去损害海森堡的物理思想。”

大度的玻恩并未计较，可无奈此时海森堡已到英国剑桥访问，去找谁来协助自己呢？

所幸玻恩还有助教约尔丹，这个年轻的数学家的才能并不逊于泡利，玻恩提出想法，约尔丹就欣然同意了。

这一年的9月，二人联名发表了《论量子力学》一文，给出了矩阵力学的数学表述。他们以大比重篇幅阐明了矩阵运算的基本规则，从量子化条件出发，运用对应原理，把经典力学的哈密顿变换统统改造为矩阵的形式，重建了一种量子力学的新的对易关系：$pq - qp = (h/2\pi i)I$，从而奠定了一种新的力学——矩阵力学的基础。

接着他们又与海森堡合作，在年底以三人的名义发表了《关于量子力学Ⅱ》，把以前的结果推广到多自由度和有简并的情况，从而奠定了量子力学的基础。矩阵力学的理论大厦，已经巍然伫立。（该论文更加系统地论述了本征值问题、定态微扰和含时间的定态微扰，导出了动量和角动量守恒定律，以及强度公式和选择定则，讨论了塞曼效应等问题。）

可事情的发展出乎人的意料。海森堡因这三人论文和玻恩帮他发表的那篇初步论述这一理论的文章而迅速成名，人们热烈地追逐着这位青年才俊，他到全世界各地演讲，光芒愈盛，淹没了玻恩和约尔丹的功劳。

最令玻恩心中不平的，是自己辛苦建立的公式“$pq - qp = (h/2\pi i) I$”竟被称为“海森堡非对易关系”。

可玻恩就是玻恩，他依然谦逊低调，甚至在很多场合，他都声称建立量子力学的功绩属于海森堡。那时他出于一位谦谦君子的礼貌和对有天赋学生的喜爱而真诚地夸赞他，却没想到这会导致人们忽略自己的功劳。后来他曾希望海森堡可以向众人提及自己的贡献，可等来的只有沉默。

直到几十年后，玻恩的朋友西蒙了解到矩阵力学建立时玻恩的工作，就想让哥本哈根学派的领袖玻尔在《自然》上发表文章说明真相。

但是玻恩不同意，他继续沉默。老师的沉默无意中成全了海森堡的名声，他干脆不在发言中提到玻恩。

1932 年，海森堡因量子理论获得了诺贝尔奖。而量子论中做出过重要贡献的玻恩却一无所得。

那时候，玻恩已经五十岁了，已是知天命的年纪，如果此时尚未建立功勋，那恐怕一生也就止步于此了。

那是 30 年代的中期，剑桥举行了一次量子物理会议。他们请来了玻尔、卢瑟福、海森堡、狄拉克……这些人是众人眼中的明星，被视为量子物理的开拓者，在台前接受人们的敬仰与致意。

后来闻名世界的印度裔天体物理学家钱德拉塞卡那时还只是个青年博士，他一如往常的羞涩，坐在后排。当时他就坐在玻恩身边。他看到这位五十多岁的老人在角落里抬起手指向这些自己的朋友，同事，学生，指向他们显赫的座位：“我原本应该在那里呀!”

再回头，玻恩已经老泪纵横。人生的遗憾与不甘，莫过于此了。

“上帝不掷骰子”

矩阵力学诞生不久，人们一边为其新锐的思想震惊，一方面又很难接受这种怪异，此时薛定谔又提出了波动力学，明显比矩阵力学的数学更流畅，更优美。于是一时间，拥趸甚多。

一山岂能容二虎，两派人互相看不上眼。这边是薛定谔，爱因斯坦，德布罗意，那边是玻尔的哥本哈根学派。而玻恩却没有参与这些论战，他敏锐地发现，这两种截然不同的思想，也许在某种层面上，是统一的。

玻恩开始用薛定谔的方法处理碰撞问题，讨论了入射粒子功能远远大于散射中心相互作用势能的情况，他曾在詹姆斯·弗兰克关于原子和分子碰撞的卓越实验中了解到粒子概念的丰硕成果，因而他确信，粒子不应该被无视，粒子和波其实是统一的——可那个使他们统一的方法是什么?

很快，玻恩将对 Ψ 函数的统计解释作为理解原子物理学中粒子和波的关系的第一步。那是衔接的环节。他发现可以把粒子的碰撞过程描述为波的散射，而如果用函数表示描写粒子的波，这个函数就叫波函数。玻恩发现，波函数在空间中某一点的强度（振幅绝对值的平方）和在该点找到粒子的几率成正比。这种描写粒子波动性的几率波是一种统计结果，即许多电子同一实验或一个电子在多次相同实验中的统计结果。波函数所代表的是一种概率的波动。

这正可以解释那个令无数物理学家们疑惑和烦心的电子双缝干涉实验的结果。当电子一个一个地通过双缝而发生干涉时，显示出粒子性，但它们的分布无规律。可当电子数目增多，就显示出电子的波动性。可见，电子的波动性质是由单个电子在多次实验中或由多个电子在一次实验中，以统计结果的形式表现出来的。这是大量事件所显示出来的一种概率分布，这正是玻恩对波函数物理意义的解释。

玻恩的工作从物理上统一了波动力学和矩阵力学，使物质的波粒二象性更加明确。1926 年玻恩在几篇论文中描述了波动力学的本质："粒子运动遵从概率定律，而概率本身按照因果定律来传播……" 他是第一个提出概率解释的人，这也许引发了 20 世纪最富戏剧性的科学变化。

就是在此基础上，海森堡提出了测不准关系，玻尔提出了互补原理。

玻恩的几率诠释不仅激发了量子理论的发展，也影响了人们的思维方式。他和哥本哈根学派坚持认为几率是量子理论的内在性质。不仅如此，统计观念在玻恩自己的思想中也占有重要位置，形成了他哲学思想的一部分。可还有许多人不能接受，这些人很多是量子理论的领袖人物，（这很可能也是玻恩直到 28 年后才因此学说被授予诺贝尔奖金原因）其中就包括爱因斯坦。

1926 年 12 月 4 日，爱因斯坦给玻恩写信批判他的概率解释："量子力学固然是堂皇的。可是有一种内在的声音告诉我，它还不是那真实的东西。这个理论说得很多，但是一点也没有真正使我们更加接近于'上帝'的秘密。我无论如何都深信，上帝不会掷骰子。”

玻恩不认同爱因斯坦对物理规律几率解释的反感。他曾这样回应他：“我认为，诸如绝对的必然性、绝对的严格性和最终的真理等等这些概念，都是想象中虚构的东西，它们在任何一个科学领域中都是不能接受的。另一方面，任何几率的断言或是正确的或是错误的，这要看它们所依据的理论的观点。这种思想上的解放，在我看来，是现代科学赐给我们的最大的恩惠。因此，只相信单一的真理和相信自己是真理的占有者，那是世界上一切坏事的根源。”

“最后的明证”

终其一生，玻恩都保持了谦逊和平常心，他总是这样说：“我生活中的成就和胜利，在很大程度上依赖于好运气。就我的双亲，我的妻子，我的孩子，我的老师，我的学生和我的合作者来说，我是如此幸运。”他如此评价自己：“我从来不愿当一个专家，因而始终是半瓶醋，甚至在被认为是我自己的专业方面也是这样。”他从来不故弄玄虚，将自己包装成大师。和所有沉迷于科学的人一样，当他有了新主意时非常开心，而一旦新主意不成功就深陷沮丧。他唯恐别人过高评价了他，只是专心地从事自己所热爱的科学——他热爱的是科学赋予他的超乎常人的智力上的快感，是不断探索带来的新鲜和惊喜，是那幅简练清晰的世界图景。他可以洞察世界的奥秘，发现创造的美妙，清理这个混乱的世界的某一部分。

他可以更接近真理。

1970 年 1 月 5 日，马克斯·玻恩辞世。

临终前，他叫人将那个被称为“海森堡非对易关系”的公式：$pq - qp = (h/2\pi i) I$ 刻在自己的墓碑上。

他曾走到了矩阵力学面前，只差将它身上的轻纱拂去，可阴差阳错间，他却为别人做了嫁衣裳。

可玻恩没有去批评，也并未心怀怨恨，他只是将这个公式刻在自己的墓碑，将其作为自己心智的明证。

谦谦君子，温润如玉。马克斯·玻恩度过了低调的一生，可他的贡献，却在广袤的科学大陆上，激起过一场又一场热烈的旋风。

一个人真正的贡献不会永远不为人所知，历史，终会欣然致意；荣誉也许迟到，心中总有不甘，但追逐真理时所获得的乐趣，已经是一种无声的礼赞。

后记：玻恩的学生迈耶夫人曾如此评价：“玻恩的逝世是一个时代的结束；玻恩是那一代伟大物理学家的最后一位，他们发展了原子结构理论，工作于初期的量子理论，并最终看护它发展成为我们今天所知道的量子力学。”这位谦谦君子，也终于等来了他的价值被承认的那天。

太极侠玻尔：玻尔篇

“兄弟”

暮色渐渐向着花园围拢过来，温柔静谧。男孩却没工夫顾及这景色，只焦急地来回走着：“哈若德，你在吗？”

“尼尔斯，你找他做什么。”听到喊声，一位少女关切地过来问。

“啊，表姐，嗯是这样……嗯，今天，嗯，人家给了我一个小面包，我就想拿回来分给哈若德。”

表姐不由得心里一暖。虽早就知道他们兄弟感情好，但尼尔斯这位小哥哥也真是处处都想到弟弟啊。

尼尔斯刚上小学，第一节手工课，他就学着做了一个木偶戏台——那是弟弟哈若德一直想要的。

刚上学的时候，不善言辞的尼尔斯总有些孤独，幸好第二年只比自己小两岁的弟弟也来他的学校读书了。哈若德天生调皮，聪明伶俐，作为低年级生他常常去找哥哥玩，也少不了对哥哥的同学说起他的趣事。尼尔斯生性腼腆，并不辩解。甚至玩游戏的时候，尼尔斯也总是占下风。

“哥哥，我们玩互相取笑游戏吧！”

“啊，怎么玩。”

“就是互相说取笑话，你骂我一句，我回一句，看谁说的厉害。”

“呃，好，好的。”

“嘿尼尔斯，你看起来像只呆鹅！”说着，弟弟在他头上拍了一下“还顶着个大脑袋！”

“……”

“快，也说我点什么！反正是游戏嘛！”

“你，你不……”“不”后面该跟什么，尼尔斯一筹莫展。

“哈哈哈，你现在的样子真是太好笑啦！又胖又笨！”

“额，别说了，不玩了好吗……”

“好，不过你得回我一句取笑话。来，说我点儿什么。”哈若德快忍不住笑喷了。

尼尔斯皱起眉头，冥思苦想了很久，忽然做出一副很凶的模样：“你，嗯，瞧你外套上的小污点！”

整个童年期尼尔斯看起来都没什么突出的闪光点，可他们的父亲却相信自己的儿子。他曾经这样对来访的客人说：“尼尔斯虽然不善言辞，但总有一天人们会听他讲话，他们会相信他……如果我是一块银，那么尼尔斯就是块金子。”（这位“银子”，克里斯蒂安·玻尔，是位著名生理学家，他发现了二氧化碳对血红蛋白之氧释放的影响，后人称其为“玻尔效应”。）

聪明的哈若德在学校如鱼得水，尼尔斯虽然显得有些呆板，但其温厚的个性依然得到了许多人的赞赏。大学时期兄弟俩成立了一个小沙龙，起名为“黄道”，有 12 个成员。这些年轻人们常聚集一起，讨论书籍，艺术，天马行空的幻想和当下时新的科学。可每每到了讨论的最后，就变成了玻尔兄弟唇枪舌剑的表演场。一个机智灵活，如飞刀轻盈；一个深邃厚重，似长刀稳健。他们像两颗互补的粒子，为了彼此而存在。无论怎样的话题，两人都能进行深入的交流。

这样的氛围让沙龙中的每个人深受感染，多年以后，“黄道”小组的少年们纷纷成为著名的历史学家，数学家，语言学家，心理学家……（看来优秀的人总是扎堆出现的。）

机灵的哈若德晚年谈起自己的哥哥，他总是这样说：“如果尼尔斯认为什么是对的，那就一定是对的。”

原子模型

汤姆孙是位大师。

大师应当是非常谦逊，乐于接受不同意见的吧。年轻的尼尔斯·玻尔这样想着。这是 1911 年的初秋，他来到英国，对与汤姆逊的会见和即将开始的科研工作充满了热望。

汤姆逊看起来那么和蔼。和自己想象中差不多。

初次见面，玻尔兴奋地掏出汤姆逊的著作，用蹩脚的英语指着一处说“This is wrong。”

汤姆逊愣了一下，没想到这个年轻人这么冒失。可他没说什么。可事后玻尔满心希望与其进一步讨论电子论问题，想听他对自己的不同看法有何意见时，汤姆逊就不予理睬了。

他精心写作的论文，也被汤姆逊不置可否地搁置了起来。

耿直的玻尔还不明白发生了什么，只好自己做实验。有些玻璃器材没有，汤姆逊也没有批钱让实验室买，玻尔就去听了几节玻璃烧制工艺的课，自己吹了不少玻璃制品；语言不通，业余时间玻尔要靠阅读狄更斯的小说来勉强学习英语。

初到英国，前程却似那里的天气一般阴暗不明。

直到一个月后，卢瑟福出席了卡文迪什年会。会上他报告了自己的原子模型。

这是玻尔第一次见他，彼时他还不知道，这位才华横溢的大科学家会给自己的未来研究带来怎样的改变。那时玻尔只是单纯的想着——要是能和这位老师一起共事多好啊。

第二年的春天，玻尔如愿以偿地来到了曼彻斯特的卢瑟福实验室。毫无疑问，这里讨论的中心是卢瑟福的原子有核模型。玻尔很快发现，卢瑟福的模型可以使物质性质的分类极大的简化：放射性辐射起源于原子核，化学性质取决于核外电子……它还可以很好地解释元素周期表。

可这个模型有一个巨大的问题：它不符合现实。

卢瑟福原子结构模型又称“原子太阳系模型”。它认为原子的质量几乎全集中在直径很小的核心区域，这个区域被叫作原子核，带正电；而电子在原子核外绕核作轨道运动，带负电。如微型太阳系，带正电的原子核像太阳，带负电的电子像绕着太阳转的行星。

在这个小小的“太阳系”里，支配它们之间的作用力是电磁相互作用力。原子质量的绝大部分集中在一个很小的核心上。

可带负电的电子绕核旋转时，它应当不断地辐射出能量，从而沿螺旋形急速地向原子核“陨落”。但如此一来，原子就会坍缩掉。

我们的世界正由无数的原子组成，假若每一个原子都在坍缩，我们的世界不也应该很快就垮掉吗？

谢天谢地，并非如此。

那问题出在哪？玻尔为此冥思苦想。

可他很快要回家乡的大学教书了。

回去之前，这个心愿必须了结。玻尔将自己的推想过程工整地写在纸上，粘在一起成为一个长卷。他战战兢兢地捧着长卷，敲开了卢瑟福的门。

卢瑟福抬眼看到玻尔，自己的得意门生，第一个念头闪现进来——无论他要说什么，我都得反驳他。

这并不是故意要难为玻尔，只是卢瑟福习惯于用不断质疑的方式逼迫学生深入地审视自己的理论。

“嗨，玻尔，听说你要回老家结婚了。”

“嗯，是的，今年八月份……”玻尔看起来有点羞涩，“但是临走前，我希望和您讨论一下原子模型的问题。”玻尔慢慢地把长卷打开。嗬，他可真够认真的。卢瑟福盯着那快拖到地上的长卷的一头，欣慰又想笑。

“好，说来听听。”

“您的原子模型像个小太阳系，带负电的电子绕着带正电的原子核旋转。原子包含有集中于一点的正电荷，原子中带正电的物质集中在一个很小的核心上，而且原子质量的绝大部分也集中在这个很小的核心上。电荷总数等于这个核心的正电荷数。

所以，按照这个模型，核心周围的电子就要以运动来保持平衡。”

“没错，正是如此。”卢瑟福挑了下眉毛。

“所以，这该是什么运动？”

“噢？那你来说说。”

“如果按照经典理论，电子在绕电子核旋转时，会在旋转中以辐射的形式失去自己的能量，最后会掉落到原子核上去，原子就会坍缩。可是那样我们的世界也会坍缩啊。当然，您看看，这是不可能的嘛……”

“有道理，说下去。”卢瑟福抱着双臂看着自己的学生。

“也就是说，”玻尔看了老师一眼，鼓起勇气，“为了维持原子的稳定性，一定有别的方法！但并不是说老师您的模型是错误的。”玻尔捧起长卷，扫了一眼。“这或许是因为我们对模型的解释是不完善的。”

“不完善？”

“经过计算，我发现只有一条轨道的原子不能拥有多余 7 个的电子，因为再多加一个，就会形成一个新的轨道。而这正是最有趣的一点，增加一条新轨道，就会增加一批新元素。”

“很有趣，非常有趣。”卢瑟福笑了。

玻尔没想到老师没刁难自己，反而有点迷惑。

“去想吧，想得更深入些，我感到你已经来到了真相的边缘。”

玻尔听话地继续去想了。

这时他已回到自己的家乡哥本哈根。

重回这片童话的地域，在家乡的大学教书，伴着新婚妻子。人生之乐莫过于此。但年轻的玻尔没有沉溺于温柔乡，而是踏入另一片湖水——他要解谜。

原子系统的稳定性究竟是怎么来的？原子系统在被激发以后，总能回复到未被激发时的状态，这种情况可是和行星轨道完全不同。也就是说，事实不符合老师的原子行星结构模型。旧原子理论是建立在类比上的——将原子类比于行星，但是类比并不等同于相似，这会不会束缚人们的想法？

——或许，是思考的方向不对？

从原子结构的构造出发去解释稳定性，已经无法给出答案，那么，何不从原子的稳定性出发，寻找一个可以解释这特性的结构？既然原子只发出特定频率的光，这是不是意味着电子不能任意改变轨道，只能处于某些特定的轨道上？

那么先构造一个最简单的模型吧。玻尔是这样想的，假设一个带正电的核与一个以圆形轨道绕核运行、带负电的电子构成的原子模型，如此一来，唯一需要确定的参数就是轨道半径了。

那么再构建一些式子，看能不能推导运算？

接下来，玻尔发现了一件事：电子的电量 e 和质量 m，必须和普朗克常数 h 结合起来，才可以推导出能长度量纲来。

要解释这种模型，必须引入量子概念！能量是一份一份辐射，而非连续辐射的，如此一来……电子其实是被束缚在不同的“能级”上，能量的辐射或吸收其实是电子在不同的能级之间存在“跃迁”。

值此，玻尔已经走出很远了。

而我们的目光却还要放的更远。

时间回到一百多年以前。巴伐利亚。

1814 年，一位出身贫苦，却在命运的神秘保佑下走向成功的科学家夫琅禾费为了科学院研究光学器皿时，发明了分光仪。这种仪器能将光分解为光谱线。

在一个普通的工作日，夫琅禾费做了一个和多年前的伟大科学家牛顿一样的动作——他拿起了三棱镜。

但这一次，他将三棱镜放置在了分光仪前，对准了阳光。

三棱镜将阳光分成了缤纷的颜色，透过分光仪，夫琅禾费发现了惊人的一幕。

在颜色与颜色的边缘，竟有一些黑色的竖条！

阳光不是纯净的，每一道光线中竟也藏有黑暗的秘密。

他发现了 574 条黑线，后人称它们为夫琅和费线。

一个世纪后，1911 年的初冬。天文学家尼科尔孙在日冕和银河星云中同样观察到了一些新的谱线。

遥远星云里的黑色线条与遥远年代中观测到的黑线是同样的事物吗？它们又是怎样产生的？

这时，巴尔末公式出现在了玻尔的视野里。

那还是几十年前。作为巴塞尔大学讲师的巴尔末已经快 60 岁，早过了知天命的年纪，本该退休颐养天年，可他却遇到了本校研究光谱的物理学教授哈根拜希，后者诚恳地邀请他说："埃姆斯特朗已经精确测定了氢光谱见光区波段的 4 条谱线，最近通过观测恒星光谱，又发现了紫外波段的 10 条谱线，但是这还不够啊。还没人知道它们波长的规律。为何不利用你的智慧去寻找氢原子光谱的规律呢？"

巴尔末深受鼓励。他从寻找可见光波段 4 条谱线波长的公共因子和比例系数入手，在投影几何的启发下，利用几何图形为这些谱线的波长确定了一个公共因子，写出了巴尔末公式。

那时是1885年。巴尔末公式计算出的波长与实际测量值的误差不超过波长的1/40000，之后他又继续推算出当时已发现的氢原子全部14条谱线的波长，和实验值完全相符。

玻尔说："我一看到这个公式，就瞬间恍然大悟了。"

原子核与电子之间的库仑力作为向心力，和电子绕核运行的离心力应该相等，而在"对应原理"的指导下，玻尔发现巴尔末公式里的那个里德伯常数可以归结为电子的电荷和质量，光速和普朗克常数这些基本常数。

必须要从量子的角度去考察原子模型了。

在玻尔的原子模型里，电子处于量子化轨道中，保持稳定状态，而当它从一个轨道跃迁至另一更加稳定的轨道时会释放出能量："一个原子只能永久地处于一系列状态中，且这一系列状态对应有一系列不连续的能值，因而包括释放或吸收电磁辐射的任何一个系统能值的变化，都会产生两个态之间的跃迁。这种态被称之为系统的'定态'。"

定态！

这是玻尔原子结构的一个重要的基本概念。电子处于定态时不辐射、不损失能量，而这一点与麦克斯韦的经·典电动力学是完全不相容的。

一旦引入了量子的概念，同过去的经典物理学相匹配的一切，都发生了怪异的变化。

简直令人难以接受。

是啊，难以接受。玻尔想。但它符合事实。经典理论是有限的，卢瑟福的理论模型不是错误的，错误的是从经典物理的角度解释它。此刻，"只有量子假说是逃脱困境的唯一出路。"

1913年，3月，6月和9月，玻尔给卢瑟福寄去了论述原子和分子结构的三篇论文。

温吞的玻尔这下子来了个大逆转，论文里提出的两条假设简直就是大逆不道——和经典理论完全违背！

（1）在经典力学所允许的无穷多电子轨道中，只有某些角动量满足一定量子条件的分立轨道才是允许的；与麦克斯韦理论相反，电子在这些轨道上即使做加速运动也不发光；每一轨道具有相应的能量。

（2）辐射的发出和吸收是由于电子在两轨道之间的量子跃迁，两态之间的能量差决定了发光的频率（或光子的能量）。

原子核外的电子在某些规定的轨道上绕转时并不发光；当它从一个定态跃迁到另一个定态时，会辐射一定频率的光子，此时原子发光。原子的不同能量状态对应于电子的不同运行轨道。由于原子的能量状态是不连续的，因此电子运动的轨道也可能是不连续的，即电子不能在任意半径的轨道上运动。这样一来，原子只能处于一系列不连续的能量状态中，在这些状态中的原子是稳定的，电子虽然做加速运动，但并不向外辐射能量。

原子因此保持了稳定，世界的每一块微小的砖瓦也得益于此而没有分崩离析。

现在让我们回到玻尔的那个理想模型：一个带正电的核与一个以圆形轨道绕核运行、带负电的电子构成的原子。

看起来是不是很熟悉？

对，这就是氢原子，结构最简单的原子。玻尔成功地解释了氢光谱，这一模型的使用，也使原子物理和光谱学结合在了一起。从此，看不见摸不着的微观世界，以光谱的形式展现在人类面前。像声有声波一般，大自然也以光谱作为它无声的音乐。

每一个原子中都包含了斑斓的色彩，粒子伴着璀璨的光芒环绕飞舞。值此，微观世界有了新的王者：量子。玻尔将这位王者从那扇多年前由普朗克打开的大门背后请了出来，让它带着我们，进入了一个全新的世界。（玻尔因此获得了 1922 年度诺贝尔物理学奖。）

"什么是道路，世上本无路。向着未知去探索吧！"

——《浮士德》

"黄金时代"

这栋新古典主义建筑在华丽的楼群中显得格外简朴，轮廓清晰得像一位俊朗的新郎。它坐落在哥本哈根市中心稍靠北的地方，后面跟着几幢看似平淡无奇的青灰色小楼，左边紧挨着一栋共济会会所，偶尔有行人经过，恐怕会有点怀疑这是不是共济会的附属楼。

这个刚刚 24 岁，瘦削的俄国青年停下了脚步。

他有点踌躇地站在两栋建筑前细细打量。然后，走进了其中一栋。

应该就是这里了……玻尔的研究所。

其实他早该回列宁格勒，原因很简单，没钱了。

可是，不甘心，临走前，他想见见那位传说中的科学巨人玻尔。

买好了回家乡的票，身上只剩下 10 美元。计算着还能花一天，他才来到哥本哈根。

“您好，请问您找谁？”玻尔的秘书舒尔姿女士问道。

“我是来找玻尔先生的，我只能在这待一天……所以能不能让我见见他？”

他说得诚恳，而且实在是年轻得可爱。

“为何这么急着要走？”

“我今天必须离开，因为……”青年不好意思地低下头，“我连买东西吃的钱都没有了。”

舒尔姿大为同情，立即转告了玻尔。玻尔放下烟斗，让舒尔姿将他带到图书室。

俄国青年穿过干净整洁的长廊，心里不禁一阵酸楚。回家后，还能再继续自己的科研工作吗？

“听说您是一个物理学生？”

“噢，是的，我在哥廷根大学读书。”青年回答，打量着面前面容略微有些呆滞的中年男子。

啊，这就是大名鼎鼎的玻尔了。

“冒昧地问一下，您做了哪些关于物理方面的工作？”听到大学的名字，玻尔眼前一亮。

“我前段时间在研究有关放射性α衰变的量子理论，不过写的论文还没发表。”

玻尔身体前倾：“是这样，我的秘书刚刚告诉我，您因为身上的钱不够，所以恐怕不能在此地多停留了。”

“噢，是的。”青年迷惑地看了他一眼。

“那，如果我可以给您找一份奖学金，您愿意待一年吗？”

……

“我愿意。”

这个回答比婚礼上的承诺还振聋发聩。玻尔的好心留住了一个伟大的天才。

这位青年就是大名鼎鼎的伽莫夫。

玻尔的研究所非常自由，成员也大多数是初出茅庐的年轻人，伽莫夫和他的小伙伴们想几点来几点来，爱几点走几点走。甚至大半夜来了兴致，也可以叫上几个人去实验室——门永远对他们敞开。空闲时候，玻尔经常和研究所的少年们在家里彻夜交谈，从宗教扯到遗传学，从政治扯到艺术，这群青年科学家们喝着咖啡，围坐在玻尔身边——大部分人干脆像在家里时那般，坐在他脚边的地板上，免得漏听玻尔的只言片语。热诚的讨论与心智的机锋交替进行，伴着天真的玩笑。直到他们的“师母”，温柔娴静的玛格丽特轻声说一句：“时间不早了，大孩子们也得睡觉了。”少年们这才恋恋不舍地各自散去。他们骑着自行车疾驰过雨后哥本哈根干净的街道，满怀都是丁香花的香气。

更多时候，玻尔会和他们一起背上背包登山踏青，或驾起帆船做海上航行。当然，旅途中少不了对物理和哲学思想的讨论。这里工作时间没有限制，甚至研究方向也没限制。玻尔的研究所——简称“奇奇怪怪啥都有”研究所。在这里，有人在建造加速器，有人在卡尔斯伯实验室研究植物，有人在生理系研究肌肉，甚至还有牙科学研究所在做牙齿实验。

“我们有猫，有老鼠，有本来不该出现于玻尔的研究所的种种奇怪的东西。”

哥本哈根研究所成立于 1918 年 11 月 11 日。这里一开始就标榜这样的精神：“强调合作，不拘形式，兼顾完全自由的判断与讨论的美德，鼓励高度的智力追求，大胆的涉险精神，深奥的研究内容，和快活的乐天主义。”

在研究所里，学生和导师间可以随意开玩笑。他们时而滔滔不绝，时而争论得面红耳赤，偶尔几个年轻人会打闹在一起，从走廊的一端跑到另一端，使研究所看起来像个充满了青春荷尔蒙的高中宿舍。有些保守的参观者对这种散漫自由很不满：

“在我看来，不在乎人们彼此间的缺乏尊敬，似乎是研究所精神的一部分。”

“你说的对，”玻尔说，“甚至我们也不在乎这种不在乎。”

研究所就是玻尔的家。他的孩子们也得以认识了各种叔叔——海森堡，克莱恩，克拉默斯，赫威西……这些“叔叔们”还很年轻，完全就是些大男孩，经常陪着玻尔的孩子一起玩游戏——而在并不久远的未来，他们中的许多人获得了诺贝尔奖。

这是一个亲切的温柔之地，这里的人们一直在寻找那令人类心智值得骄傲的真理。

来此做报告的薛定谔正想着如何在下个问题上驳倒玻尔，一转身间，却被窗外哥本哈根清丽的秋色所吸引；住在玻尔家三楼的海森堡不由得露出微笑——玻尔又在走廊里抑扬顿挫地背诵歌德的诗和冰岛传奇了；羞涩的狄拉克常常一个人坐在图书室发呆，思考他的变换理论，门外路过的人们窃窃私语“那家伙，又在构思那些精巧，但谁也看不懂的论文了吧”；路过实验室时，也许还会有幸听到泡利锐利的嘲讽“不，你完完全全就是一个大傻帽”；恃才傲物的朗道却不甚在意他的“学长们”，虽则他最后总是在老师玻尔的面前败下阵来；至于玻尔——他啊，常常右手粉笔左手黑板刷，在黑板上写写擦擦，擦到哪里停下，哪里就成为一个关节点，听讲的学生们也都心领神会，知道从那擦停的地方开始，又会出现一条新的思路，继续延伸向更深邃的地方……

斯堪的纳维亚山脉挡住来自大西洋的暖风，波罗的海的蒸腾却为这里送来温暖，寒冷与热浪在此交汇，又渐渐形成一股和煦的气流，吹拂着，到达伫立着海的女儿雕塑的哥本哈根，吹到玻尔的研究所，吹动生活在那里的人鲜活的面孔。

那里，有他们人生中最好的黄金时代。

“谁也不能对科学的未来作出肯定的许诺，因为新出现的障碍只能用十分新颖的思想去克服……随着青年一代的培养和成长，会使新鲜血液和新鲜思想不断注入到科学研究之中，并引起大家从新的角度来考虑问题。”

“有时庄严，有时欢欣”

这一切，要从那个困扰人们百年的问题说起：

光到底是粒子还是波？

克里斯蒂安·惠更斯：光当然是波。我甚至可以用自己的光波动理论推导出反射和折射定律！

艾萨克·牛顿：好，如果你说光是波的话，那为何光波在遇到边缘、孔径或狭缝时会偏离直线传播呢？不，光当然是由非常奥妙的微粒组成的。因为光是粒子，所以我能轻松的解释反射现象，甚至，连麻烦的透镜折射现象也可以解释。

托马斯·杨：噢，是吗，可你怎么解释光的折射和绕射性质？让我们做个实验吧。拿一支蜡烛放在一张开了一个小孔的纸前面作为点光源，再在纸后面放一张纸，第二张纸上开两道平行的狭缝。这样从小孔中射出的光就会穿过两道狭缝投到屏幕上，瞧啊，我们发现了什么？是明暗交替的条纹！光是波，证据确凿！

爱因斯坦：我倒是有个新主意——引入一个新概念怎么样？比如“光子”，携带光能的量子，这正好可以解释光电效应。

德布罗意：呃，我想，我们是不是可以综合一下——比如，光即是粒子又是波……不仅光是这样，一切微观粒子，比如电子、质子、中子，都有二象性这种性质哦。

众：……

然后，玻尔出场了。

玻尔：我们为何一定要做出非此即彼的选择呢？既然两者都在一定条件下成立，可以如实反映自然，那为何它不可以即是这，又是那呢？

干脆，把两者都当作自然方程正确的解吧！

玻尔在1927年的科莫会议上阐述了自己的观点：“量子论的本性就使我们不得不承认时空标示和因果要求是依次代表着观察的理想化和定义的理想化的一些互补而又互斥的描述特点，而时空标示和因果要求是经典理论的特征……量子公设给我们提出了这样的一个任务：要发展一种‘互补性’的理论。该理论的无矛盾性只能通过权衡客体的无歧义的定义和主体的无干扰的观察的可能性来加以判断。”

我们常识范围内的经典物理学有三大假设：因果性，时空的可描述性，能量连续性。

普朗克打破了能量连续性的假设，打开了量子论的大门。

爱因斯坦又用相对论探讨时空的问题。玻尔选择了另一条路：因果性与时空的可描述性之间是什么关系呢？

然后问题就来了。

在经典物理学中，时空坐标描述客体的空间位置，而客体的前后状态要有因果关系。通俗的说，当我们坐在一辆匀速行驶的列车上，只要我们想，完全可以在知道速度和距离的情况下，推算出我们到达某地的时间。

可诡谲的是，在量子世界里，我们的推测失效了——但这不是说因果性失效了，这种差异是实验条件不同造成的。如果想维持微观客体的因果性，就不得不消除作用量子 h 的存在——但这和量子力学的基础相违背。（在量子理论中，时空的描述方式与因果性的描述方式是互斥的，这和经典物理中，时空与因果统一的观念完全不同。可在互斥的同时它们又是互补的，只有同时谈及两个方面，才能完整的表述原子客体："一些经典概念的确定应用，将排除另一些经典概念的同时应用，而这另一些概念却是阐明现象所同样必需的。"）

那为何会有这种情况？

我们看球赛要用望远镜，看微观粒子就要用显微镜，人们通过工具观察这个世界，再平常不过了。

好，让我们进入实验室，来测量电子的运动轨迹吧。

怎么测量？

当然得先看到它了。

用什么看？

显微镜啊。

显微镜怎么看？

发射光呗。

那么现在问题又来了。显微镜要用光波短的光才能清晰放大，但我们知道光波短则频率高，频率高则能量大，以至于像用一个光子去攻击电子一样，电子被“打”的四处溃散，这还怎么看？

好吧，那我们用光波长，柔和的光？

不行，这样放大率就会降低，结果我们什么也看不到了。

这正是诡异的一处——正因我们观测了它，所以我们“确定”不了它。我们只能确定一种实验条件，然后观测到电子运动属性的某个侧面——最终，电子究竟是呈现粒子还是波动状态，取决于我们的实验条件和观测方法。

不过玻尔认为这不是随机和随意的过程。在宏观世界我们不用考虑仪器与研究对象间会发生的作用，而在微观世界，由于仪器也是由微观粒子组成的关系，我们看到的，实际上是仪器与观察对象之间的相互作用。正如横看成岭侧成峰。我们只能理解关于大自然的知识，而不能理解大自然本身。因为我们如何获取知识，获得了怎样的知识，实际上取决于我们怎样观察它。

玻尔曾如此描绘富士山的景色：“暮色降临，富士山顶阴魔与金边闪耀的云幕之后。黑暗的群山上，这光辉夺目的王冠，气象庄严。翌晨，皑皑白雪笼罩山顶，谷中的浓雾中它孤耸而起，使人欢欣。”

同一座山，有时庄严，有时欢欣，为何要做非此即彼的判断呢？不要非此即彼，要亦此亦彼！（注：这里的意思并不是说一件事物即是 A 又是 B，而是指它在不同条件下的表现不同。）

这就是玻尔的“互补”思想。这给当时被“量子力学”搞得焦头烂额的物理学界吹来一阵和煦的春风。(当时普朗克和爱因斯坦徒劳无益地想在经典概念的构架内解决“粒子与波的二难”问题，玻尔却在这种对立中看到一种新的和谐。)

可互补性并非一种妥协，也不是告诉人们不要再去探究科学真理，这种思想来源于一种真正的开放与洞悉，是对自然的另一种领悟和通透，如随心所欲而不逾矩。玻尔认为不存在任何量子世界，只存在一种抽象的量子物理学描述。物理学不是要发现自然界是怎样的，它关心的是我们关于自然界能说些什么。

曾经的牛顿物理学代表人类的骄傲。它是人类向宏观世界不断拓展的有力工具：我们不仅用牛顿力学解决地球上的问题，甚至还可以用它来预测星星的轨迹。而量子力学却让我们的观测变得徒劳，这是因为从前我们只是冷眼旁观，如面对宇宙舞台的观众，只要坐在一旁静静欣赏“戏剧”就可以了。可现在，我们的“观看”竟会对戏剧产生干涉。将宇宙的剧本完全扭曲；我们的观察本身，代表了一种奇异的参与，并与这微观的世界息息相关。

“在存在的大戏剧中，我们即是观众又是演员。”

“揭开遮蔽真理帷幕之一角”

1947 年，丹麦为表彰玻尔的贡献，决定授予他宝象勋章(这是级别很高的勋章)，这需要被授予者提供自己设计的家族族徽。玻尔的助手罗森塔尔的妻子是位汉学家，了解到玻尔的互补思想后，她提议玻尔用太极图作为族徽。玻尔欣然同意。于是，古老的东方思想，就这样在一位西方大科学家的家族徽章上刻下了印记。

这是一位物理学界的“太极侠”——他本人的人生正如太极图一般圆满：幸福的童年，和谐的师生关系，温柔聪慧的妻子，优秀的儿子，令他无比神往的事业。他本人的个性也如太极图一般充满了智慧与和谐：提出互补原理，还将它推广到了生物学、心理学、语言学乃至哲学的层面，为后人留下熠熠生辉的思想诗篇。

在他的青年时代，人类对于原子世界还知之甚少；在他的壮年时期，他带领着许多人投入到这片领域里“建功立业”；到他的中年，越来越多的人对原子进行探索，或用来造福世界，或以此毁灭生命。玻尔也曾为之奔走，希望赶在人类犯下不可饶恕的错误之前改变这一切。

而在他逝世的时候，大规模利用原子能的时代已经降临。新锐的思想，炫目的科技，新锐的理论层出不穷，令人目不暇接。

这一切都始于许多年前，玻尔青年时期的那个黄金时代。无数的面孔正从那片风云激荡里倏然闪过，时代的火炬一代一代的传递下去，经由玻尔的双手，也必将传的更远。

作为奠基者，平和的玻尔却只在自传的最后留下了这样的话：“帮忙揭开遮蔽真理帷幕之一角，从而得以走到较为接近真理的道路上，这也许是一个科学家所能获得的最大快乐了。”

1962 年 11 月 18 日的一个午后，玻尔照常去午睡。这是最漫长的一次睡眠，他再也没有醒来。

隔壁的客厅里，曾记录他与爱因斯坦的伟大争论的“光子箱”模型静静停在黑板上，而这，又是另一个传奇了。

作者评论：自然界的基本规律显现出纯粹的统计性特征和不确定性特征。但是在大尺度上，它却有很大的稳定性，这种稳定性建立在个体的不确定性上。在表面的几率事件背后，还隐藏着某种具有决定性意义的东西。大胆猜测，小心求证。是科学家们应有的态度。也是几代人永恒不变的追求，正是这种追求的持续性，令每一个接过先人火炬的人，都必须小心翼翼，希望它传到更远的地方。

番外 1：

夜奔——影响历史进程的一次逃亡

1942 年 10 月 · 英国 · 特种行动执行局（SOE）

年轻的士官踏进办公楼，急匆匆地敲开长官的门。

“利夫 · 特隆斯塔德那边刚刚传来了消息……”他的神情带着惊恐。

利夫 · 特隆斯塔德是挪威地下抵抗运动的领袖。早在 1939 年盟军就获悉了纳粹正在秘密研制原子弹的情报（这被称为“铀计划”），而造原子弹需要重水，当时德国在挪威尤坎镇建立的重水厂的重水产量已经增加到每月 300 公斤，足够德国的“铀计划”的需要。

一旦这些重水被运送到柏林支援“铀计划”，纳粹就有可能先试制出原子弹。如果是这样，那世界离毁灭也不远了。

所以英国当局一直在计划摧毁这个重水厂，他们在加拿大多伦多附近一个绰号“小挪威”的地区招募了上百名从挪威流亡过来的年轻人，进行空降和破坏训练，还挑选出 4 个曾在重水厂附近居住过的人在那周围潜伏下来，以便刺探重水工厂的情报。

现在，情报已发回。执行局负责人威廉·斯蒂芬森注视着士官呈上来的电报，最不期望的事情发生了。

“德国人要将全部的重水运到柏林。”

这份情报换来了一次战时内阁的紧急会议。会议很快做出了一个决策：

“行动开始。”

1942 年 11 月 9 号 · 英格兰

两架“哈利法克斯”式轰炸机在夜色中迅速起航，往东北方向飞去。它们还牵引着两架霍尔萨滑翔机，每架滑翔机上各搭载着 17 名突击队员。他们都很年轻，但也都知道前方等待自己的可能是什么。

今日任务：摧毁尤坎镇重水厂。

成败在此一举。

飞机的黑影在浪涛汹涌的北海上倏然而过。

1942 年 11 月 10 号 · 行动委员会 · 会议室

“我们，我们刚截获了一段德国广播……”士官慌乱地闯进屋。

“什么?”威廉·斯蒂芬森探过身子，他有不好的预感。

“昨天两架载有别动队的英国滑翔机被德国战斗机击落，轰炸机和滑翔机上的人员全部毙命。”

痛苦的沉默像巨手般攥住了整个会议室。

“前方的情报说，其中一架滑翔机由于拖曳缆绳被冰坠断失事，机上八名突击队员幸存，落地后立即被捕，其中四人被军枪决，另外四人被德国人在血管里注入气泡而死。”年轻的士官迟疑地看着长官凝重的脸，不知是否应继续汇报下去。“……第二架滑翔机的牵引机撞山坠毁，滑翔机在附近的山上强行着陆，结果 14 名幸存者全被枪杀。德国人从滑翔机的残骸里还搜出了尤坎镇的地图。”

“所以现在尤坎镇戒严了?”

“是……他们的挪威专员约瑟夫·特波文和司令冯·法尔肯霍斯特都到了小镇，还下令军队严密搜捕可疑人员，现在那里都是驻军。”

“该死的!”长官的重拳敲在桌面上，对面的参谋人员吓了一哆嗦。“去他的希特勒!”

1943 年 2 月·哥本哈根

奥格·玻尔注意到，今天父亲有点不同寻常。

就在刚才，一个神秘人拜访了父亲。

那是个男人，中等身材，令人过目即忘的长相。他敲开家门，递给父亲一把钥匙。

钥匙? 用来开什么?

“爸爸，这是?”

尼尔斯·玻尔神情有点沉重。他坐在书桌前，从钥匙上的一个小孔里掏出一个大小不过 0.5 毫米的小东西。奥格立即明白了那是什么。

微粒胶卷。

他知道那是间谍常常使用的保存密件的方法。

里面是一封信。英国科学家查德维克（J. Chadwick）写来的。一封措辞谨慎含糊的信，似乎在隐隐约约地暗示什么，信的结尾，查德维克邀请玻尔去英国。

既然是如此简单的消息，为何这么大费周章？

莫非是因为自己在研究的核反应理论？

玻尔此时还在哥本哈根研究所，他提出了个“液滴模型”理论，该理论很能解释重核裂变现象，因此经常与人谈论核裂变的问题，说者无心听者有意，纳粹的战争贩子们以各种方式妄图将玻尔的想法记下来。

虽然玻尔一直痛恨希特勒的行为，甚至同自己的弟弟哈若德成立了个“丹麦支援流亡知识分子委员会”来救助被迫害的流亡者们，并且宣扬和平，可作为一个科学家，他缺乏政治敏感性——此时纳粹的触手已经伸向了丹麦，黑云压城，但深切热爱着这片土地的玻尔不止一次地表示，要在这里待到无法待下去的那天。他不会轻易离开。

于是玻尔写了回信。婉言谢绝。

玻尔不明朗的态度让盟国犯了难。英国情报部门和丹麦地下军一直担心玻尔的研究会有利于德国人对原子弹的探索。英国特种行动执行局和美国战略情报局（OSS）甚至还针对此事在伦敦和纽约举行了紧急会议，达成了一个初步的计划：“如果事态紧急，就把他绑架过来，炸掉他的研究所。”

丹麦地下军来了个更绝的，他们干脆在玻尔实验室连接重水和回旋加速器的管道底下埋了炸药：“以防万一。”

玻尔的命运似乎就这样被几场会议敲定了。

1943 年 9 月 · 瑞典

玻尔坐在出租车后座上，吉兹上尉的背影成了黑暗中他唯一指望得上的东西——仿佛走夜路时给自己设定一个短距标识，以求安心。

玻尔惊魂未定。

几个小时前，自己还身处几乎被德国人控制了的丹麦，现在，却来到了中立国瑞典。

这半年来，丹麦抵抗力量的活动日益加剧，纳粹当局决定来一次大镇压。他们打算把丹麦的所有犹太人都抓起来，一部分残杀，一部分送往德国服苦役。

玻尔不能再留在丹麦，终于到了“最后关头”。

临走前，他把实验室得到的重水装在了啤酒瓶里掩人耳目，还用王水溶解了自己金质的诺贝尔奖章，也装在瓶中留在家里。

丹麦地下军在夜间赶来接应玻尔，他们全家乘渔船连夜偷渡到了瑞典。瑞典情报机关的吉兹上尉接待了他们。

“先在这下车！”车忽然停了，吉兹给了个简单的指令。玻尔有点迷糊——不是要去克莱恩教授家吗？这又是哪？但还是乖乖听从。

吉兹大步走在前方，上了楼。这是瑞典情报人员使用的楼房。没开灯，但吉兹有钥匙。

“玻尔教授，您得跟我爬上房顶。”他回过头来有点为难地说。

长期进行户外运动的玻尔并不在意这种临时锻炼。他跟着上了屋顶。黑暗中，他看到吉兹跳到了另一栋房子上。

他咬咬牙，也跳了过去。然后他们下楼，到了屋后的一条街上，吉兹重新打了一辆出租车。

“抱歉了玻尔教授，保险起见。我们可能已经被德国人跟踪了。”

玻尔只是对他点点头，这个晚上的一切都太让人惊奇了。

谢天谢地，终于到了克莱恩家。还没寒暄几句，一个警官进了房间。吉兹下达了指示：这个警察负责屋内警卫，再派一位去院子里巡视，还要再让一个警官去街上巡逻，情况有变，就立即报告。

玻尔逃到瑞典后做的第一件事，就是去找英厄堡公主。他希望她能带自己去见瑞典国王，让国王通过外交途径对德国人施压，把在丹麦逮捕的几百名犹太人送到瑞典。

他顺利见到了瑞典国王，古斯塔夫五世。

听完来意，国王只是冷笑了一声。“您以为我没有这样想过吗？其实在挪威刚开始驱逐犹太人时，我就提出过这样的建议。但是，”国王的语气是无奈和愤怒，“我遭到了侮辱性的拒绝。”

玻尔愣了许久，与自己有旧交情的英厄堡公主转过脸来面向他：“陛下说的没错。德国人就是这么对待我们的。尼尔斯，你竟妄想他们会对犹太人网开一面，这太脱离现实。你在第三帝国之内，但你却根本不了解它。”

玻尔被这尖锐的答话刺痛了。

他是一位科学家，政治不是他的专业，之前他也并不太关心它。如果说有什么模糊的想法——他只是拥有和平主义的理念，同时还对德国人抱有幻想。

现在，事情很明了了。忍让不可能换来和平。

眼下最可怕的危机却是——假若德国先造出了原子弹，那会发生什么？

玻尔脊背发凉。

那天晚上，当他的儿子找到他，谈起未来打算时，玻尔的语气变得坚定了。

“我们应该去英国。如果一定有人要优先制造出这可怕的武器的话，我宁可去帮助同盟国，让他们先得到它。”

斯德哥尔摩并不安全。这里每天活动着大批的德国特务，玻尔只好深居简出。

这里，毕竟不是久居之地啊。

1943 年 10 月

英国情报部门正在紧锣密鼓地设计方案。

“斯德哥尔摩已经不安全了，现在是危急时刻，我们必须出险招。”

“怎么做？”

“无论如何，把玻尔弄过来。”

“吉兹上尉说德国秘密警察正准备要逮捕他，我们……”

“赶在他们到之前派人把他救出来，然后把他藏在夜航飞机的炸弹仓里连夜送走。”

“这可行吗？德国人马上就会发现！他们会击落我们的

飞机！”

“但，这值得一试。我们别无选择。”

斯德哥尔摩

玻尔跟着英国特务来到这早已废弃的机场。这里没有指向灯，没有控制塔，夜色像巨幕一样覆盖着跑道。

这架蚊式飞机映入玻尔眼帘的时候，他着实被惊到了。

它刚结束一场从英国而来的长途飞行，螺旋桨还在扑扑转动。机身竟然是普通的三合板做的。

“你们确定，这架飞机不会在飞行途中突然解体吗？”玻尔想开个玩笑，虽然这个玩笑和他以前开过的所有玩笑一样笨拙。

“放心吧，玻尔先生。”飞机上走下来一位年轻的姑娘。夜色中看不清她具体的容貌，声音却是非常诚恳。“无论怎样，我们都会优先保障您的安全。”

玻尔没有问她究竟是谁。

“以及，我不得不告诉您，”姑娘继续说，“为了以防万一，在我们返回的旅途中您和机长的联系可能会被切断。”

姑娘没有说的后半句是，如果这架没有武装的飞机被德军发现而被攻击，玻尔就会被扔进大海——他太重要了，绝不能让他落入德国人手里。

这也许就是大科学家的宿命。无论科学家们如何想超脱于世，独立地去探究世界的真理，世俗的政治仍会将其拉回来。特殊的时期，科学与政治无法分开。这不只是政治的残酷，也是时代的残酷。

也许是出于尊重和同情，临上飞机前，姑娘忽然脱下自己的大衣，递给玻尔："一会儿高空飞行的时候，舱内可能会非常寒冷。"

玻尔刚要回话，姑娘已转身走了。

飞机将要飞越这夜雾沉沉的英吉利海峡。玻尔站在斯德哥尔摩十月的寒风里，茫然地裹紧了大衣。前方等待的会是什么？

他戴上保护帽和面罩，像个粽子似的被绑在炸弹舱里。

蚊式飞机起飞了。

夜间逃亡正式开始。

为了让敌人难于截击，飞机飞行了一会儿后，就不得不爬升到更高的高度，这时乘客必须使用氧气面罩才能维持呼吸。

飞行员用机内对讲系统告诉玻尔："请立即戴上氧气面罩"。

没有回应。

"请尽快带上氧气面罩。"

还是没有回答。

至少还要飞行两个小时，如果一直处于这样的高度……玻尔只有两个结局：窒息而死，或者冻死。

但如果降低高度，即使玻尔缓过气来，飞机也可能被敌人的夜航战斗机击中。

那么，掉头？

更不可能，那是自投罗网。

向上向下，向前向后，仿佛都是死路。

飞行员深吸了一口气，他知道这位神秘乘客的命就在自己的手中。

那么，赌一把。孤注一掷。

超低空飞行！

飞机开始下降。即使会被击中，也不能让乘客直接死在舱内。

飞机高度持续降低，最后几乎是贴着海面在全速飞行，大海翻涌不息，似乎时刻想伸出浪舌将这架孤零零的飞机舔进黑暗里。

必须更换航线。

沿着德国战斗机航程之外的航线飞！

终于撑到奥克尼群岛，飞行员打开敌我识别器。目的地就在前方，他试着又呼唤了一次“那位客人”，仍然没有回应。

爱丁堡·战斗机基地

这是爱丁堡附近的夜间战斗机基地，空旷，荒凉，似乎也被遗弃了。风吹过长长的跑道，又在高大的铁门上旋转出恐怖的呜呜声。这时常让特种行动执行局头子斯蒂芬森产生一种错觉——飞机来了。

救护人员，机械师，军官，大家焦急地挤在一起等候。一小时，两小时，十分钟，又一个十分钟。斯蒂芬森想起了一年前那次失败的任务——这次不能再失败！里面装的可是玻尔！

“看呐，他们来了！”

跑道亮了起来，蚊式飞机穿过悠长的黑暗，颠颠簸簸，终于停下。所有人从等待中得以解脱，奔向飞机的炸弹舱。

人们迅速打开舱门，只见玻尔躺在那里，一动不动。

死了吗？斯蒂芬森的心提到了嗓子眼。玻尔被抬下来，放到早已准备好的担架上；他浑身软绵绵的。医生们敏捷地给他注射了一针强心剂，给他输氧。

“有希望吗?”斯蒂芬森脸色发白。

年轻的医生拔出针管:“脉搏很微弱，不过我相信我们会使他转危为安的。”

飞行员走下飞机，他惊魂未定。

“我已经尽力了，但确实也是无能为力……”

“到底怎么了?”斯蒂芬森差点发火。

几个士官跑到舱里查看了一番。

“报告长官，航行途中，他的通话器的插头掉了，所以他没听到飞行员的指示。”

……

但是无论如何，这混乱的一夜终于过去了。

斯蒂芬森跟着医护人员离开了这里。

幸运之神最终眷顾了玻尔。他很快就恢复了。

其实他从未想过真能将原子弹制造出来，直到到了英国后，查德维克领他四处参观，玻尔才知道自己是坐在一个多么可怕的火药桶上。

美国也早已开展了研制原子弹的工作，纽约热情地邀请了玻尔和他的儿子奥格·玻尔前去参与一个秘密计划。

临行前，玻尔父子拿到了新身份证——他们成了“尼克·贝克”大叔和年轻的“吉姆·贝克”。

“贝克”父子将要参与的，是一项改变人类历史进程的巨大工程。

1944 年·洛斯阿拉莫斯

这里，有提出了“康普顿效应”的康普顿，有做了著名的

“密立根实验”的密立根，有“傲慢”的奥本海默，有即使在一众天才中也光芒四射的冯·诺依曼，有“原子舞者”费米，有维格纳，甚至还有吴健雄和钱学森……（如果此时全球的智慧分布可以做成光谱地图，这里一定会被标红）他们共同参与着一个被命名为“曼哈顿”的计划。那时候，如今鼎鼎大名的费恩曼还是个小青年，他是如此评价玻尔到达洛斯阿拉莫斯时的情形的：“甚至在这些‘巨头’们看来，玻尔也是一尊伟大的神。”

玻尔一直使用化名，人称“尼克大叔”。但大家都知道计划的新参与者是谁。在那里，玻尔见到了许多老朋友，这其中很多是通过他的援助才逃离纳粹的犹太物理学家。

但玻尔到美国的主要目的却不只是协助研制原子弹，他看得更远——是的，我们在制造“人间死神”，那么制造完成之后呢？该如何处理它？

似乎在毁灭开始之前，玻尔就开始着手重建了。

1945年8月6日早上8点16分·广岛

巨大的火球在这个城市的上空缓慢打开。那一刻，人们还以为多了个太阳。

爆炸的闪光将每个人都纳入了一种沉默的震撼中——就像有人用开关把天空突然点亮一样。那是一个缓缓上升的圆圆的球体，在这上升的途中，它的上部忽然发生一个突起，接着像是绵软的泡沫一般向外扩展，成了一柄巨大的蘑菇，它是火红色的，金光闪亮，活像一只充满了剧毒的水母。直到它变成紫色，才发出一声后知后觉般地震撼的巨响。

这城市里的 8 万个生灵就在这火球出现的最初几秒钟内，灰飞烟灭了。

同样的情景在长崎又重复了一次，几天后，日本宣布投降。

正在所有人欢庆战争的结束时，玻尔却怀着复杂的心情重新开始审视这一切。

他在《泰晤士报》发表了一篇名为《科学与文明》的文章：“通过原子的分裂释放巨大的能量，这意味着人类力量的真正革命。这种可能性的实现在每个人的心目中不能不唤起这样一个问题：自然科学正在把文明引向何处……很明显，如果人类社会对这种紧张形势不自行调整的话，人类已能够获得的这种可怕的破坏力，有可能变成致命的威胁。在这种新的破坏力，面前，没有什么东西能抵挡得住。因此，出路只有一条，就是全世界一致合作，阻止任何一种不把这种新力，用于为全人类服务的做法。”

1945 年 8 月 · 哥本哈根

离开这里不过两年，却好像已经历了沧海桑田。

玻尔如过去一般，骑着自行车来到自己的研究所，而这里的一切却无法像昨日那样美好了。

研究所已被纳粹糟蹋得不成样子。

昔日故旧现已天各一方，人生际遇各自不同。有人留在了德国，成为危险的帮凶；有人斗争到底，失去了生命。大时代的尘霭波诡云谲，不容分说降临于世，无人幸免。

玻尔找到了自己临走时留下的那瓶溶有诺贝尔金质奖章的溶液，提取了金，重新铸成了奖章。时过境迁，它依然粲然夺目。满城都是欢庆战争结束的人群，到处飘扬着反法西斯胜利的旗帜。

但是魔盒已经被打开了，这样的和平会持续多久呢？政治这门艺术原本就不完善，科学也许对它有所裨益。

对人类命运的关切和对科学与人之间关系的深思这一条明线从此占据了玻尔的整个晚年。

1950 年，玻尔发表了致联合国公开信，呼吁建立一个“开放的世界”。他希望能达成一个“均等地威胁着所有国家的核武器存在，永不使用核武器”的普遍协议。1955 年的日内瓦和平利用原子能国际会议上，玻尔希望科学和科学家能在促进相互交流和理解方面起带头作用，希望科学的发展能够增进世界人民的福利。他的整个后半生都在致力于国际合作及和平利用原子能的事业：“如果原子能掌握在世界上爱好和平的国家手中，这种能量就会保障世界的持久和平；如果它被滥用，就会导致文明的毁灭。”

他预见到了，所以他无法坐视不管。当权者们顾及的当然是眼前的利益，党派和民族的立场；而像玻尔这样的科学家看重的，是全人类的未来，普遍真理与宇宙和谐。

他参与了，所以认为自己有责任对与之相关的一切负责。

而后来所有的故事，都源于多年前的那次“夜奔”。很多时候，玻尔都有些恍惚，像是自己还在那个黑暗的夜晚，孤零零地向着未知逃亡。可他仍然觉得，即使再深沉的夜色中，总包含一个关于白昼的希望。

“尼尔斯·玻尔度过了十分丰富而幸福的一生。他的天才和他的能力使他揭开了科学中的新纪元，玻尔也赢得了一切有幸熟悉他的人的热爱和全世界的尊敬。”

相关：来自戈革《尼耳斯·玻尔和二十世纪物理学》

液滴理论：

1936 年玻尔提出了复合核概念，把核反应分成入射粒子被俘获，形成复合核及复合核衰变的两个过程，他形象化地把原子核类比为液滴。玻尔的液滴模型和复合核理论在解释核裂变上取得了重大成功。1938 年哈恩和斯特拉斯曼在用镭铁混合物生成的慢中子轰击铀核时，在核反应产物中发现有少量的钡，他们对此感到迷惑不解，便寄一信给他们的老同事迈特纳。当时迈特纳逃避纳粹的迫害，在玻尔的帮助下几个月前才移居到瑞典，她的侄子弗里施到了哥本哈根跟随玻尔工作。迈特纳和弗里施在圣诞节时得到了这一消息，他们立即用玻尔的理论对实验进行了分析：铀核在俘获了轰击中子后，核“液滴”产生振荡、变形，当液滴椭圆形拉长使核力超距不能发挥作用时，铀核“液滴”便在“蜂腰”处一分为二。后来他们根据细胞学的名词，给这种过程起了个名：裂变。当弗里施兴高采烈地赶回哥本哈根向玻尔报告时，玻尔仅剩下几分钟的时间就要去美国旅行了。当时玻尔用手拍着前额，说：“太好了，事情本该如此的。我们以前怎么没有想到呢?”玻尔嘱咐弗里施立即着手进行实验验证并赶快写出报告。当玻尔抵达美国时，弗里施报告成功消息的电报已经在等着他了。1939 年，玻尔与惠勒一起发表了核裂变理论，为释放核能指明了方向。

番外 2：

呆萌的玻尔的一生

注意，此刻你并没有翻错文章——不，这不是笑话书，这是呆萌的玻尔的一生。

首先来看他是如何写初中生作文的：

“尼尔斯，这次的作文是《记一次环绕港口的散步》，按照叙事文那样的格式写就可以了。”

玻尔撑着他的大脑袋，冥思苦想了很久。

写了又涂，涂了又写，看起来很认真啊。好吧，让我们看看他写了什么——

“我和弟弟做了一次环绕港口的散步，在那里看到船舶在装货卸货。”

嗯，这是一个完整的句子，还不错。接着写呀玻尔。

The end

……这就完了???

好吧，也许叙事不是他的强项，那么说明文？

《论金属》

玻尔是这样结尾的：

“至于结论，我认为应该是铝。”

……

嗯，那么调查报告会不会好些？

《在家中使用自然力的情况》

“我们的家中不使用自然力。”

……

……

长大以后，玻尔终于可以写出完整顺畅的文章了，不过他习惯口述，再由助手写下来。这会儿他想申请个基金，就和助手合作写了个基金申请书。奈何外头的工人正在施工，噪声极大，玻尔几乎是用喊的。

“玻尔先生，外面太吵了，要不我们隔天再写？”可怜的助手在室内外双重噪音下几乎快聋了。

“可是，噪声不是对着我来的，我根本听不到啊。”

助手：……

就这样写成了第一稿，但是——不行，这句话的语气不够婉转。玻尔皱着眉说。

那么改。

这里单词拼写错啦。

改。

这一段放在下面怎么样？

改改改。

改了十五次后，玻尔更正了标点符号，签名前还试了试钢笔写出来的线条粗细合不合适，然后才认真地签上了大名。

我的天啊。

所以玻尔是如何聘用新秘书的？

“那么，您有什么专业技能呢？”

“我会速记，懂一点英文。”年轻姑娘贝蒂·舒尔姿有点胆怯的回答。

“您对科学感兴趣吗？”

“不，我完全不懂那是什么。”

于是就这样，她被录用了。

玻尔不仅呆，主要是萌。在他大学时还像孩子一样。有许多可爱的爱好。

比如——扔石头。

什么！此刻你脑海中浮现的是掷石头的大卫？醒醒吧。

那么玻尔怎么玩呢？

有次他路过一座废弃教堂，忽然兽性大发（……）站在一旁朝里面扔石头。

这么玩不过瘾，那么看自己能不能扔得准一点？好，向着百叶窗窥视孔，扔！哇中了！那么提高难度，把手杖放到百叶窗上，扔石头把手杖打下来！

……

竟然乐此不疲……

此刻我只想到，爱因斯坦，你家的上帝不掷骰子，但是玻尔他掷石头啊。

我们都知道卢瑟福，这位名字中暗藏祝福（字面意思应该是loser的福气……吧）的大师是玻尔的恩师。他非常信任玻尔，玻尔在卢瑟福的研究室时的情况是这样的。

“先生，这些辐射是从原子的哪个部分发出来的？”新来的学生问。

“去问玻尔！”

“这个实验用的玻璃管哪能弄到？”助理问。

“去问玻尔！”

“您新买的小汽车——”

“去问玻尔！”

“玻尔和其他理论家有什么不同？”

卢瑟福正色道：“那是当然的，玻尔可是个足球运动员！”

提起足球运动，不得不说，玻尔是位强大的门将，但也有犯浑的时候，没办法，天生呆萌难自弃。有次校园内比赛，玻尔负责守门时忽然面对着门柱陷入了沉思。他呆立在运动场上一动不动，直到对方用进球唤醒了他。

“喂，你当时怎么呆了？？”队友们多有责备。

玻尔颇为不好意思：“呃，我忽然想到一个数学问题，就顺便把门柱看成黑板，不小心做了一些演算……”

“数学问题”“门柱黑板”“不小心做了些演算。”

……

说到足球，玻尔的弟弟，数学家哈若德就是位奇葩，啊不，明星——当然，是作为一位伟大的足球运动员。他代表丹麦国家队出战，获得了1908年的奥运会银牌，绝对是数学家中最会踢足球，足球明星里数学最好的。他的学生们当然可以骄傲地说：“怎样！我的数学就是体育老师教的！”

哈若德的名气还导致了一次有趣的误会。

1916年玻尔升为教授后，按照惯例要去觐见国王：

这是一次奇妙的约会。

国王：尼尔斯·玻尔教授，我们听说您是一位非常著名的足球运动员。

玻尔：啊，陛下，非常感谢，但是我必须要纠正您，您所说的著名足球运动员想必不是我，而是我的弟弟。

国王：(什么鬼，按照惯例不是不能反驳国王的吗!)

国王：……嗯，玻尔教授，我们还是深知您是非常著名的足球运动员。

玻尔：非常抱歉，国王陛下，实际上我的兄弟才是真正的当之无愧的足球运动员。

国王：……（彻底凌乱，但是侍从在事前多次提醒国王强调足球这一点）是这样的，玻尔先生，我听说你是一个非常著名的足球运动员。

玻尔：国王陛下，非常非常抱歉，我的兄弟才是足球运动员，我本人当不起这个盛誉。

国王：……朝觐结束。

玻尔如释重负，按照宫廷礼节一步步退后地走了。

国王如释重负，这个玻尔终于走了。

虽然呆萌，但玻尔调笑起人来却是把好手。

有次玻尔研究院的年轻科学家卡斯米尔和玻尔到和平桥散步。这座桥的两侧是一些铁链，他们一条一条的拴着桥上的石柱子，像一条巨大的项链。忽然，玻尔抓住一根链子抖动起来，令卡斯米尔吃惊的是，另一边的链子也动了起来!

“瞧！多么生动的共振实例!”玻尔神情严肃，像平时讲课一样。

卡斯米尔也感叹道：“是啊，大自然就是这么神奇。”

他忍不住深深思索起来。玻尔转过头来打量着他，忽然哈哈大笑。

卡斯米尔：……?

“好吧，给你看看真相。”说着，玻尔又摇晃了一下链条，但仔细一看，原来他在摇晃一边时，又偷偷地摇晃了另一边。

卡斯米尔：……

“我曾经用同样的方法戏弄过海森堡!”玻尔得意地说，“那小家伙当时惊呆了，过了几天还为此做了一次关于共振现象的演讲。哈哈哈！估计他现在也不知道那是我搞的鬼吧!”

为毛连老实人也骗人了!!!

虽然还是有点呆呆的。

出身贵族的玻尔非常有礼貌，即使他不同意某个观点，还是会微笑着，淡淡地说：

“哦。

呵呵。”

这是真的。有次泡利和施特恩在火车上聊起了粒子的自旋问题，他们急急忙忙去问玻尔。

“您对自旋怎么看?”

玻尔认为自旋完全是胡说八道，于是他诚恳地说：“Interesting，very interesting。”

若玻尔有灵，看到我这篇戏作时，不知会不会点着烟斗，微笑着说：

“你这个连 interesting 都算不上啊!”

我也要斗胆回敬一句：“可是上帝他掷骰子吗，回答啊!”

本文内容大部分来自于当事人口述。

少年时代：泡利、海森堡和狄拉克篇

“那个聪明孩子”

玻尔尴尬地站着，泡利刚刚打断了自己的发言。

“住口，别再胡说八道了！”对面的年轻人脖子一扭，看上去怒不可遏。

“不不不，其实这是这样的，首先……”玻尔小心翼翼。

“别冒傻气！那是不可能的！”

玻尔擦擦汗，努力平复一下，还是温和地接着说：“你先听我说……”

年轻人剧烈地摆手，桌上的咖啡都快被碰掉了：“我不听我不听我不听！”

坐在会议室内侧的海森堡看到这一幕，轻轻摇摇头，和老师玻尔交换了一个无奈的眼神。

泡利就是这样的，如果他认为一个观点是错的，那么他绝不会含糊其辞，而是直接给予严厉的抨击。

这并不是出于他的自负，虽然，二十出头的泡利绝对有这个资本，只是出于他对事实犀利的判断和对理论严密的分析。

玻尔耸耸肩，宣布讨论会继续下一个论题。然而泡利的怒气还没消，他看到了师弟海森堡，像看到同道："告诉我，你也同意那个愚蠢的想法吗？"

"不不不，"海森堡几乎是在投降了，"我直觉也是不可能。"

"我赞许你的直觉。"

来玻尔的研究所已经很久了，可海森堡总能清晰的回忆起自己和泡利在索末非身边读书的日子。

和如今的锋芒毕露不同，第一次见到他的时候，泡利还是个头发漆黑的小胖子，带着一脸惶惑的神情，坐在报告会的前排。

海森堡记得，外表威严的索末非带着自己参观慕尼黑大学校园时，远远地看到泡利，他用很骄傲的语气说："这是我最聪明的孩子。"

那个聪明人。

海森堡那时怎会预见，他会成为自己学术上的兄长，激励自己呢？

和个性浪漫，热爱户外运动的海森堡不同，泡利混迹于餐厅、酒馆和咖啡厅。

无论在索末非身边做学生，还是在玻尔的研究所当研究员，泡利都我行我素。通常的状态是这样的：早睡早起的海森堡已经在实验室开始了工作，泡利的生物钟还在晚上——呼呼大睡。

可到了真正的夜晚，泡利则精力十足地出现在夜场，他喝酒，与人交谈，看脱衣舞表演，胡闹一晚上从酒馆回来，他的一天才算正式开始：狂热地工作到凌晨，然后睡到中午。

上午的课或实验理所当然地被翘掉。可索末菲和玻尔都很容忍他。

但就连海森堡也不得不承认，泡利深刻地影响了自己。他曾建议海森堡先别管自己那篇关于相对论的论文，直奔主题：量子原子。“要知道，在原子物理领域，我们依然有大量的实验结果还未得到解释，”泡利的眼睛闪闪发光，“大自然在某个地方留下的一份证据，但在另一个地方却似乎给出完全相反的东西，到目前为止，还没有一幅哪怕是磕磕绊绊的理论图像能描绘它们之中所蕴含的关系。”

“那是因为众人仍在重重迷雾中苦苦摸索吧？”

“没错。那，你为何不去做照亮迷雾的光呢？”

海森堡恍然大悟。也许从那时起，他就抱定了将量子物理作为自己一生事业的信念。

泡利个性单纯，总是直言不讳，痛恨愚蠢——可能是他太聪明了。天才如海森堡，也免不了从这位师兄那里得到这样的评价——每当自己把新想法告诉泡利，他都会热情地盯着他，语气诚恳：“真的，你就是个彻彻底底的大傻帽！真的，彻彻底底的！”

这种当头棒喝泡利只给自己亲密的朋友。许多人的错误在他看来，连错误都算不上，甚至没有被批评的资格。在研究所，每当有人提出新问题，大家一起解答，在玻尔表示正确之后，泡利负责验算。如果泡利说没问题，那大家就都放心了——管他算了什么，泡利几乎从不犯错。

泡利的父亲是维也纳大学生物化学教授，因此生来就浸染在良好的科学氛围中。中学时他就自修了大学的数学和物理。刚满18岁，就写了关于引力场能量研究的论文，发表在学术期刊上。

中学一毕业，带着父亲的介绍信，泡利站到了著名物理学家索末菲面前。

这位德高望重的科学家是量子力学与原子物理学的开山鼻祖，矮胖的身材，一丝不苟的着装，漆黑浓密的大胡子显得威风赫赫。

自持才高的泡利没有被他严厉的外表吓倒，坦荡地说了自己的要求："我在中学时已经自学过大学的课程，所以我希望不继续修习，直接读研究生课程。"

索末菲吃惊地扬扬眉毛。聪明人他见得太多了，如此狂妄的小孩子他还是第一次见。

泡利沉着地接着说下去："我还希望能参加高年级研究生的讨论班。"

不知天高地厚的小子。

也许是碍于泡利父亲的情面，索末菲同意了。但他做了个正确决定——无疑，泡利是讨论班上最犀利的发言者和最具才能的参与者。他甚至接连发表了两篇关于相对论的论文。

那时相对论刚诞生不久，谁也不知道这个19岁的孩子，是如何迅速掌握了这个震惊世界的理论。

索末菲因此更加信任他，把撰写科学现状的数学百科全书的综述的任务交给了他。泡利写得又快又好，足足写了250页。（这篇文章和外尔的《空间、时间、物质》的文章被公认为评述相对论的两篇经典著作。）

“简直是神乎其神！”索末非在给爱因斯坦的信中写到。

爱因斯坦也不禁感慨：“每一位读了这篇成熟的、经过深思熟虑的文章的读者，未必会相信，文章的作者竟只有 21 岁。评述人对相对论思想发展的心领神会，数学结论的无懈可击，对物理实质的深刻洞察力，明晰而又系统的表达能力，文献知识的广博，题材的完备处理，评价得恰到好处——人们简直不知称呼什么才好。”

那，姑且就叫他，那个聪明人吧。

聪明人必将闪耀。他的机会很快就来了。

20 世纪初期人们就发现，原子或分子电子数量如果是偶数，而不是奇数，那原子或分子会更具化学稳定。直到玻尔建立了氢原子模型，深入解析了原子结构，这一奇怪的现象才有了初步解答。1922 年，他又建立了递建原理，给出了在各个原子里电子的排布方法——每个新电子会占据最低能量空位。

可为什么每个电子层只能容纳有限并且呈规律性数量的电子，为什么不能对每个电子都设定同样的量子数？元素周期表的奥秘又是什么？为何如此排列，内部的原因是什么呢？

此时泡利正在玻尔的研究所，试图解释反常塞曼效应实验结果（该实验中，处于弱外磁场的碱金属会展示出双重线光谱，而不是正常的三重线光谱）。

那时主流的解释是，因为原子核的有限角动量，才会出现双重线结构。但泡利不赞同，他认为这种双重线结构是因为电子所拥有的一种量子特性，是一种无法用经典力学理论描述的“双值性”。

这种“双值性”是什么呢？两位物理学家撒姆尔·高斯密

特乔治·乌伦贝克认为这种性质是电子的自旋。

自旋是一个奇妙的概念。

物质自行旋转时会沿一条穿越自身的轴进行旋转，这条轴被称为“自转轴”。正如宏观物体有自转，微观物质的“转动”就是自旋。但微观的物体有奇妙的性质，自旋为 0 的粒子从各个方向看都一样，就像一个点。自旋为 1 的粒子在旋转 360 度后才会看起来一样。自旋为 2 的粒子就要旋转 180 度，自旋为 1/2 的粒子必须旋转 2 圈才会和开始时一样。费米子是自旋为半整数（1/2，3/2……）的粒子的统称，有质量的非基本粒子，都由费米子组成。

而我们的宇宙，是由这些自旋为 1/2 的粒子，即费米子组成的，自旋为 0，1，2 的粒子则产生物质体之间的力。自旋是电子的固有属性，在一个原子轨道里，最多只能容纳两个电子，而且它们的自旋状态相反。

也就是说，在一个原子中，没有任何两个电子可以拥有完全相同的量子态。

这，就是著名的泡利不相容原理。

通俗地讲，就是每个费米子都有自己单独的量子态，不可能有两个或两个以上的费米子有相同的量子态。就好比如果我们每个人都是一个费米子的话，如果在大街上看到自己的克隆人，会不会很恐怖？如果我们与他人结婚，按照一夫一妻制的传统，丈夫或妻子的位置，也只能有我们一个人，试想，若是那个克隆人真的出现在我们面前，双方就要比拼谁的掏枪速度快了。

所以说，幸好在真实的大自然中，费米子是遵循泡利不相容的。（因此我们的“克隆人”永远不会出现，我们可以安心在

“丈夫”或“妻子”的位置生活。)

根据这个原理能很好地说明化学元素的周期律，因为他的理论，我们才能很好地解释化学价键理论，了解固态金属、半导体和绝缘体的性质。它是认识许多自然现象的基础。

而发现这一大自然法则的这位与量子论同年的胖乎乎的小子，这时候才25岁。

“那个农场小伙”

“你不觉得他看起来像个骠骑军官吗?”泡利看着讲台上的索末菲，偷偷说。

沃尔纳·海森堡看看老师制服样的着装，也忍不住笑了。

吐槽老师是他们友谊的开端，虽然二人的个性天差地别。

和泡利的科学世家不同，海森堡出生于富有德国资产阶级气息的家庭，他有严厉的父亲，温婉的母亲，聪慧的哥哥，富庶的家族。是那种典型的德意志家庭，注重服从和礼貌。

他幼年得了过敏症，只好被母亲小心看护，因而他的哥哥有更多时间和父亲在一起，也深受喜爱——两个男孩一直在竞争，或者说，这种竞争的局面是父亲默许的。他希望这可以让孩子锻炼的更坚强。

不同于玻尔兄弟的情深，海森堡和哥哥厄尔文之间总显得那样冷酷。他们辩论：哥哥认为灵魂存在，物质是不确定的，沃尔纳就反驳他。他们打架，有一次甚至用木头椅子互殴。沃尔纳与哥哥的人生道路，只在人生的开头有交汇，从此之后，渐行渐远，终其一生也没有再相遇。他是这样的人，一向沉静有礼，但若觉得自己被辜负，他也不会与其争执，而是无可挽回地与其断绝关系。

可回想起来，这对聪明的兄弟也有一丝温暖的回忆——他们曾一起制造了一个 1.5 米长的电动战舰模型，制作的极为精密，甚至有遥控桨片，还可以用电发炮。他们的父亲将这个模型放在家里的显要位置，也许那一刻，一向不太喜欢沃尔纳的他，心里也是有对儿子的骄傲的。

沃尔纳热爱运动。他滑雪，游泳，参加长跑比赛。闲暇的时候，就进行长久的，大量的钢琴练习。人们的印象里，这个校长的外孙，温和的数学天才总是服装整齐，站在众人的瞩目里流利地背诵拉丁文课文。他从四年级开始就一直是第一名了。

在沃尔纳·海森堡还是个中学生时，就了解了爱因斯坦的相对论——那时谁也不知道，这个孩子未来会站到几乎能与这位伟人比肩的位置。16 岁的他还给一个 24 岁的女大学生辅导过微积分，虽然他也刚学会不久。（后来那位女士通过了考试。）和每个热爱数学的年轻人一样，他也试图证明过费马大定理，当然，也失败了。

不久，第一次世界大战爆发了。可政府的宣传让人们认为自己不是侵略者，只是在弘扬本民族文化，捍卫自己的家园。海森堡那时参加了青年同盟，里面有许多年轻的爱国者。后来他还带着一些孩子组成的小组，在农场和荒原上四处游荡。他们一起读书：科学，哲学，音乐，宗教。他朗诵歌德，荷尔德林的诗歌，用熟练的技法给众人弹奏巴赫和莫扎特。他们有自己的讨论基地，门口挂着白骑士的塑像。白天游荡，晚上下棋。他总是赢。即使在这种混乱的时刻，他还是随身带着数学书，和一本《纯粹理性批判》。

那时他才 17 岁，是剧烈社会动荡中的一粒微尘，随着时代的浪潮起起伏伏。他对世界充满了不安羞怯，却心甘情愿地折服于数学的和谐之美。

就这样，海森堡在农场吹出了潮红的脸颊，于是当他出现在人们的视线里时，大家还以为这孩子就是个农场小伙。他有短短的金色秀发和清澈的眼睛，显得腼腆又热忱。索末非接纳了这个学生，让他参加专为高年级学生安排的学术报告会。

在慕尼黑大学，沃尔纳依然爱下棋，顶峰时期，他不用王后都能赢棋，即使是出游，也要和伙伴库尔特用思想下棋。有一天晚上棋盘被弄翻了，他竟然凭记忆复盘。索末非对此很惋惜，总觉得下棋浪费了他那天才的大脑。说到索末菲——他简直就是量子力学界的邓布利多教授，培养了大量的优秀学生，连爱因斯坦也称赞他提拔青年才俊的能力“就好像你用魔法把他们从地下召唤出来一样”。

来到索末非身边不久后，海森堡开始分析一些谱线在磁场中发生分裂的新数据，那时他初次进入量子物理领域的，带着少年心气，在这片神秘的土地奔驰。他的思想总是超越常规，带着初生牛犊不怕虎的冲劲儿，很快建立了属于自己的理论，能够用它来解释反常塞曼效应。

他的理论很快被发表了，尽管后来这一理论被证明是错误的，可他已经换得了众人的关注——那个大男孩儿，他已出现在量子物理的星空，离闪耀不远了。

玻尔对他这篇论文十分欣赏，邀请海森堡来自己的研究所——于是，研究所有了新房客。玻尔和这个小伙子一样，酷爱户外运动。师徒俩还绕着西兰岛做了徒步旅行——从克伦堡宫到腓特列堡宫殿，他们背着大包，一路游览。两人都是体育健将，来回一百英里的路程，没有丝毫疲惫的迹象。玻尔个子高大，海森堡在他身边显得有些瘦小。他们看上去像真正的父子，谁也无法想见多年以后，师徒俩发生了怎样一番令人痛心的决裂。

转眼到了1925年，海森堡24岁，他一生的黄金时代正缓缓拉开大幕。

那时候，普朗克、爱因斯坦、玻尔已在量子论领域开疆辟土了多年，各自提出了许多基础理论。尤其是玻尔的对应原理：他认为，经典描述也可以应用于极大量子数的态间的跃迁中，如果把原子作为周期系统来分析，其运动状态就可以用傅立叶级数表示，量子理论虽然看似离经叛道，但实际上和经典规律之间有对应关系。

那么，能不能建立一个可观察量之间的关系式？像经典力学那样？

海森堡觉得自己有必要为这片混沌“立法”了。

他的思维突破常规——为何所有人都这么纠结于电子的位置、周期呢？它们都是不可观察的量，这些能和实验部分符合的量子规则说不定是偶然的，不能受制于这些不可观察的量，而应当反过来——建立一个仅出现可观察量的关系式，类似于经典力学的量子论！

“电子在原子中的轨道是观察不到的，但是从原子发出来的光，如它在放电过程中发出来的，则我们可以直接求出其频率及振幅。知道了振动数和振幅的全体，那就等于是在迄今的物理学中知道了电子的轨道。由于这个理论里只应接受可以观察的量，所以在我看来，只有引进这个整体来作为电子轨道的代表……电子的周期性轨道可能根本就不存在。直接观测到的，不过是分立的定态能量和谱线强度，也许还有相应的振幅与相位，但绝不是电子的轨道。唯一的出路是建立新型的力学，其中分立的定态概念是基本的，而电子轨道概念看来是应当抛弃的……”

他发现了一个新的乘法规则：不可对易的代数学。在这套法则里，A 乘以 B，不再等于 B 乘以 A，不再是单一的数量计算，而是矩阵的运算！

在新的关系式中，只有原子辐射出来的光的频率、强度等可观察的量，按照经典力学，任意一个单一的周期性系统，其坐标可用傅里叶级数展开，用数集坐标来表示满足原子光谱组合原则。这正是代数中的矩阵。

那时候，海森堡并不知道代数中的这个形式，因而也不知自己创立的这个奇怪的东西究竟是什么，只好把它交给玻恩帮忙检验。玻恩一拿到这些算符，就在心里感叹：“这到底是什么（鬼）啊！”

玻恩被这种符号乘法卷了进去，他从白天想到傍晚，从傍晚想到凌晨。当第二天的曙光降临的时候，那个灵感也来了——海森堡的符号乘法不是别的，正是矩阵运算！他竟然建立了一个新的力学体系——这就是著名的“矩阵力学”。

海森堡一战成名。整个物理学界都被这个可以适用于奇怪的量子理论的奇怪的体系震惊了。果然，怪事还得怪招治。

虽然这套古怪的矩阵运算招致了不少批评，但海森堡在其中显示的创造力还是让人惊叹。他信奉实用主义宣言："为达成功，可不择手段。"只要可以解释现有的理论，那多么奇怪的方法，都是值得使用的。

那时候他还不满 30 岁，正从事着最激动人心的事业，雄心勃勃，已初绽光芒，似乎全世界都唾手可得。他和沉默寡言的狄拉克去日本旅行，群山环绕中，二人忽然看到一幢日本宝塔。

"我们攀上去吧。"海森堡提议。

不爱说话的狄拉克点点头，继续向前。年轻的海森堡也不发一言，精神抖擞地爬上山，登上塔顶，他们到了最高的地方。海森堡单腿站在塔尖上，俯视地面。猛烈的山风吹过来，吹得他摇摇欲坠，可他毫无惧色，伸开双臂，面向前方。

风啊，别停下。

"那个孤独者"

玻尔的研究所是一个长方形楼房，有灰色的前墙，上面整齐的铺着砖红色的屋瓦，绿色的常春藤爬满了一楼的墙壁，直攀到躲在一道铁丝网后面的三楼，又蔓延到门口上方"理论物理研究所 1921"几个大字上。

一楼是实验室，玻尔和家人住在二楼，客人们住在三楼。这里进进出出的都是各国的优秀研究者，英语，德语和丹麦语在这里此起彼伏，使得研究所看上去是联合国。

但有个人极为少言寡语，那冷淡的英国口音极少出现在这些音色里——他总是长久地，一个人坐在图书馆最里面房间的一个最不舒服的位子上专注的思考，偶尔地，掏出铅笔，用纤细的手指写写画画。

“你说那个独来独往的家伙？”梅勒（后来成为丹麦著名物理学家）挠挠头，“那是狄拉克。我们谁也不知道他在想什么。事实上，他思考得那么用心，我们谁都不敢进入那个房间，生怕打扰了他。”连随和的玻尔也不得不表示：“他是访问过我研究所的人中最奇怪的家伙。”

和泡利，海森堡都不同，狄拉克出生于一户普通的人家，父亲是个教师，对他极为严厉。为了培养他的语言天赋，父亲规定在家中只准说法语。狄拉克本就寡言，在他发现自己无法用法语清晰的表达想法之后，他就更加沉默了。中学时他也不出彩，他不参与社交，不和人玩乐，少有参加体育运动，也只给同学们留下这种印象——茫然地拿着板球拍，非常笨拙。

越没有朋友，就越是没有朋友。狄拉克的心灵只在数学中得到了慰藉——那纯粹的思想之美。他身处物理学理论井喷的时代，也接触到了相对论。来到剑桥大学后，他更是全身心地投入到数学和物理当中去。

他沉默寡言，毫不起眼。但他的老师坎宁安却领略过他令人惊叹的智慧——他曾经给出过一个关于辐射场中的电场和磁场分量的复杂的运算，并希望同学们给出推导过程。谁也没有想到，狄拉克在一周后就拿着完整的结论走到他面前。

“当你问他一个问题，他会说，哦，这很难。但，不多久，他总能给你一个答案。”

终其一生，父亲的专制和固执都给狄拉克带来了深重的影响。他总是独来独往，是那种典型的物理学家的形象：沉默，情商极低，总是在沉思。以及，令人惊讶的聪明。

1925 年的春天，一份噩耗传来：狄拉克的亲生哥哥服用氰化钾自杀了。狄拉克深切地明白这是早年家庭不幸的影响，本就孤僻的他更加落寞。狄拉克深受打击，很久没有写过任何文章。

同样是在那一年，海森堡因他那奇特的矩阵力学获得了众人的目光，这份理论很快也流传到了剑桥，落在了狄拉克手上。

当时狄拉克还在乡间休假，希望平缓这份悲痛的心情。事实证明，缓解悲伤的最好办法，就是工作和思考。一接到这篇论文，狄拉克就被吸引了。和许多人的似懂非懂不同，思维清晰敏锐的他很快把握了精髓：矩阵力学是不可对易的。式子两端相同的两个乘量交换了位置，就不再等价了。

矩阵力学之所以让人不舒服就在于此，因为它违反直觉，更缺少和谐对称之美。但，这正是问题的关键所在。

那种运算是什么呢？它如此似曾相识……

是“泊松括号”！

狄拉克发现，将矩阵换成泊松括号，同样可以符合能量守恒条件和玻尔的频率条件。

“我发现，这种新力学和经典力学是一脉相承的，它可以以更清楚的方式建立。”

狄拉克很快写出论文，寄给了海森堡，然而却得到了这样的回答——玻恩和约尔当已经用矩阵的方式证明了这点。

狄拉克并不气馁，他一鼓作气，又证明了新力学和氢分子实验数据的吻合。

但这次仍是差了那么几天，泡利也做出来了。

可是，那时候，海森堡和泡利一行人都在玻尔的研究所里分享彼此的黄金时期，狄拉克则如他幼年时一般孤独，身边没几个人能讨论量子力学。纵使狄拉克一骑当千，也抵不过对方人多势众。

于是1926年初秋，狄拉克来到了玻尔的研究做关于量子力学的研究，在这一期间他发展出了涵盖波动力学与矩阵力学的广义理论。他已经形成了自己的文风——简练，清晰，逻辑完满。

我们都知道玻尔是个会反复修改文章（即使是个申请信）的人。狄拉克却完全相反。他总是默默沉思，在头脑中打好清晰的稿子，一出手，就是完整的文章。他的文章写得非常漂亮，虽然，通常，没人能看懂。

“狄拉克，你的论文真的不需要再修改了？毕竟，离你刚开始写作的时候已过去很久了，难道你没有新观点产生吗？”玻尔很好奇。这可是他没有的能力。要知道，他连小学作文都写不好。

“我母亲曾告诉我，”狄拉克冷淡的回答，“凡事三思而后行。”

玻尔：“……”

海森堡的矩阵力学建立不久，薛定谔提出了形式优美的波动力学。正在双方剑拔弩张争夺“正统”地位时，狄拉克又悄然证明了，矩阵力学与波动力学的形式在数学上是等价的。

值此，狄拉克一直在其他人的发现下工作。他也开始想建立自己的东西——一直以来，人们都把量子力学限定在经典物理的框架内，狄拉克却转念想到——何不将其与狭义相对论结合起来呢？

狄拉克总是独自一人工作，这些想法在他的头脑中闪光一样出现，他只待他们慢慢绽放。他的想法是从两个不变性出发。首先，方程的时空特性应要满足相对论变换；第二，它的量子特性应按照量子力学的变换理论进行变换。

狄拉克把一个物理问题转换为一个数学问题，再用自己绝佳的数学天赋去推导它——他成功了。

那是1928年初，不满26岁的他创造性地建立了相对论性电子理论，提出了著名的狄拉克方程。

（后来他还把康普顿散射、塞曼效应、电子自旋、磁矩和索末菲精细结构公式等等概念都统一到了具有相对论不变性的理论框架中，还提出了反物质学说和磁单极子的概念。直到现在，这些理论依然属于物理学最前沿的范畴。）

狄拉克也一举成名。他开始将自己的想法写成书稿。于是，如今仍非常流行的教材《量子力学原理》诞生了。

在狄拉克31岁那年，他被授予诺贝尔奖。可想而知，以狄拉克的个性是多么不愿出这个风头。几番挣扎后，他询问卢瑟福："我不想接受它，害怕引起公众的注意。"

"但恕我直言，"卢瑟福回答，"如果你不去领奖，那就更惹人注意了。"

狄拉克没有办法，只好去领了奖，虽然，他依然羞怯得像个孩子。有次和海森堡参加一个聚会，年轻人们都在跳舞。海森堡休息的时候，狄拉克问："你为什么要跳舞？"

"跳舞是有趣的事，尤其是舞会上有好姑娘的时候。"

狄拉克沉默了很久。他忽然很认地问："那，你怎么事先知道舞会中有好姑娘的呢？"

海森堡："……"

那时候，狄拉克那么年轻。年轻到整个世界里只有数学和物理。而他并未辜负自己的天赋，真切的创造了不平凡的东西。

"Forever Young"

青春的传奇还在继续。而青年人的成长总少不了巨头先行者们的支持。

那是1926年春天的夜晚，海森堡见到了自己幼时的偶像爱因斯坦。他们一起在河边漫步。在一波又一波的浪涛声中，爱因斯坦却对海森堡提出了批评。

"你真的认为，量子力学中只有可观察量才能进入物理理论的思想吗？"

"可爱因斯坦先生，你不也是如此处理问题的吗？你说绝对时间是不许可的，仅仅因为绝对时间是不可观察的，而只有运动的参照系或静止的参照系中存在的时钟读数才同时间的确定有关。"

"但是，"爱因斯坦回答说，"一个人把实际观察到的东西放在心中，会有启发性的帮助，也许还能更加灵活的解释它。但在原则上试图单靠可观察量来建立理论，那是完全错误的。实际上恰恰相反，是理论决定我们能够观察到的东西。"

海森堡心念一动。自负的他从未想过，自以为成熟的可观测主义其实不是事实的全部。

浪涛一波一波地涌过来，在少年的心中无限激荡。

那些天，他和老师玻尔一直被一个问题所困扰：云室中电子径迹那么明显，可实际观察到的只是一系列分立的电子的不确定位置。

这是怎么回事？会不会电子只能以一定的不确定性处在给定的位置，而又以一定的不确定性具有给定的速度？

海森堡想起那天和爱因斯坦的讨论。是了，不该只局限于可观测的东西，有什么东西，是观测不到，或者无法完全观测到的。

量子力学应重新表述。粒子的位置与动量是不能同时被确定的，其中一个量越确定，另一个量的不确定程度就越大。

“在位置被测定的一瞬，即当光子正被电子偏转时，电子的动量发生一个不连续的变化，因此，在确知电子位置的瞬间，关于它的动量我们就只能知道相应于其不连续变化的大小的程度。于是，位置测定得越准确，动量的测定就越不准确，反之亦然。”

这是因为量子力学研究的都是微观客体，到了这个层面，我们只能用仪器去观测它，因此就不能忽略仪器与客体之间相互作用。如果按照经典物理的想法——关于电子，如果知道它的动量和位置，两者同时测定，就可以预测电子的行为。可实际上由于这种相互作用，我们没办法精确地知道每个量。

测不准关系式直观地显示了原因：若一个量为零，另一个量就是无穷大，这样测量就无意义了。

海森堡给出了这个公式，也再次声名大噪，虽然他最敬爱的老师玻尔并不同意他的推导过程。海森堡为此非常难过，甚至偷偷流了眼泪。

但幸而这个理论慢慢被接受，如今已是量子力学最基本的理论之一。

时间慢慢过去，海森堡凭借自己出色的天才，成了当时德国最年轻的教授——那时他才26岁。

他还是青年，却觉得自己的少年时代已遥不可及。成为教授两年后，他参加一个青年会议，当散场时，海森堡望着形形色色的青年人，忽然觉得自己很老了。

他心中涌起莫名的情绪，顶着夜色，写信给母亲。他回忆了自己的青春，以及这些年走过的道路："如果青春闪着光辉落下，它就会反照地很远。我相信只要我们还活在世上，就应当为这反照的感觉而满足。"

写过这封信不到一个月后，一向对他冷酷的父亲去世了。海森堡没有过分悲伤，他太早地接触了世界的真相，因此渐渐感到世事无常，总希望持续努力，在能够工作的时候保持能确定的东西。

1932年，海森堡在完成核物理学第三篇论文的几个星期后，希特勒当上了德国总理。那是个看似平常的夜晚，然而谁都知道黑暗的内部正暗流涌动。彼时海森堡正在外采克尔的家里，他们讨论完了物理学，不免又对这个国家的前景产生忧虑。

二人坐在房间里久久的沉默着，望着柏林漆黑的夜空，如未来般深不可测。

他们都听到了，此时希特勒的褐衫的冲锋队员正举着火炬，一排排从他的楼下走过。

一年以后，独行侠狄拉克去参加了玻尔举行的会议。他见到了许多老朋友，埃伦菲斯特与他同行。看似冷酷的狄拉克却敏锐地发现，埃伦菲斯特的心情尤为低落。一向不多话的狄拉克对此很忧虑，就对玻尔诉说了自己的担心。

但是他们也无能为力，只能祈祷老友快些振作起来。

可惜祈祷没有生效，会议结束后的第五天，埃伦菲斯特还是自杀了。大家哀痛之至。

泡利，海森堡，狄拉克。那三个少年都已长大了。连看似铁杆单身汉的狄拉克都结了婚——不，不是“维格纳的朋友”（一个著名的物理学佯谬，用来解释“薛定谔的猫”理论），而是他的妹妹。因此当别人问起这位夫人是谁时，狄拉克都用了惯常的羞涩语气慌乱地说：“这位是……是……维格纳的妹妹！”

狄拉克仍然有一种纯净的天真，即使他已经进入知天命的年纪。1950 年，那时著名天体学家席艾玛还是个学生，师从于狄拉克，一天他兴奋地跑去对狄拉克说：“教授，我刚想出了一个方法，可以解释宇宙中恒星形成的问题，我可以告诉你吗？”

狄拉克简单地回答：“不。”

谈话就这么结束了。

1969 年，狄拉克终于退休了。他不再担任卢卡斯讲座教授——接替他的是莱特希尔，而下一位——就是我们都知道的霍金。

他活了 82 岁，度过了平静的一生，永远那么神秘，依然那么羞怯。并且，始终如一的孤独。

与他性格极端相反的泡利却对自己的人生不那么满意。那是 1958 年，那时泡利已经身患疾病，只是他自己还不知道。有次他去伯克利大学演讲，事后和朋友一起去酒吧喝酒——还和他年轻时一样。

也许是有些喝醉了，一向精力充沛的泡利忽然神色黯然：

“我在年轻时，觉得自己是一个革命者，当时总觉得，物理学如果有重大的难题，一定是我来解决。可惜啊，后来，重大的问题来了，却都被别人解决了。现在回想，我当时可真蠢啊。”

他那么锋芒毕露，是“上帝的鞭子”。可以肆无忌惮地点评任何一个人，可回首往事时，却感叹自己错过了许多好机会。

命运，有时候就是那么无常。你越强悍，越抗争，并不代表你就会得到更多。但是也有人并非为了得到更多而抗争，或许，只是为了识别更多的真相。

同样是在那年夏天，泡利参加了国际高能物理学会议，并担任主席。会上，他见到了昔日最好的朋友海森堡。

海森堡像幼年时一样对这种场合应付得优雅得体。可他刚做完发言，泡利就开始攻击他，当众地，毫不留情面地攻击。海森堡很克制，但泡利最后几乎是在喊。看起来他似乎蛮不讲理。

很少有人知道，那时候，泡利已经病得很厉害了。

三个月后，他去世了。

泡利只活了 58 岁，许是那暴躁的脾气令他早逝，不知道海森堡多年后回忆起这最后的会议，又会是什么心情——是泡利引导自己踏入量子力学的大门，是他总是在自己犯傻时及时地予以最强烈的抨击和纠正，是他，像个哥哥一般在前面带路，让他知道量子力学才是值得探究一生的东西。

那句“你就是个彻彻底底的大傻帽”再也不会有人说了。世界上也再没有哪个人，像他那样活得真实而跋扈，对于真理，每一次都拼尽全力地去维护。

海森堡却在二战时卷入了希特勒的阵营，为他研制原子弹。

虽然战后他一直声称当时自己并未真正为其服务，但后半生都活在巨大的争议中，昔日的好友大多离他而去，他几乎是在过众叛亲离的日子。

那个游荡在雪山和荒原上，脸色潮红的少年的影子，已经永远在他身上消逝了。

狄拉克依然沉默而孤独，直到老年，仍在追寻一个几乎不可能的奇迹——大统一理论。当然，我们都知道，这个理论至今都是无解。

只是我们这些仰望星空的人，在每一次享受由他们发现的原理衍生的科技便利时，都会忍不住疑惑。在他们度过了如此辉煌的少年时代，成为红尘事多的成年人时，当他们沉浸在荣誉的幸福中，当他们深陷矛盾的困苦里，当他们在追寻的路上一直奔波直到老去。不知他们是否会回忆起青春的时刻，会否重新流露出因真理而悸动的神情……

一如当年。

特别篇：物理学家的巴别塔

(本文的部分对话为虚构，但大体符合当时情境。)

创11：1　那时，天下人的口音、言语，都是一样。

创11：2　他们往东边迁移的时候，在示拿地遇见一片平原，就住在那里。

创11：3　他们彼此商量说："来吧！我们要做砖，把砖烧透了。"他们就拿砖当石头，又拿石漆当灰泥。

创11：4　他们说："来吧！我们要建造一座城和一座塔，塔顶通天，为要传扬我们的名，免得我们分散在全地上。"

创11：5　耶和华降临，要看看世人所建造的城和塔。

创11：6　耶和华说："看呐！他们成为一样的人民，都是一样的言语，如今既作起这事来，以后他们所要做的事，就没有不成就的了。

创11：7　我们下去，在那里变乱他们的口音，使他们的言语彼此不通。"

创11：8　于是，耶和华使他们从那里分散在全地上；他们就停工不造那城了。

创11：9　因为耶和华在那里变乱天下人的言语，使众人分散在全地上，所以那城名叫巴别（就是“变乱”的意思）。

——《圣经·旧约·创世纪》

1927·意大利·科莫

玻尔的脸上再次流露出那种死灰一般的神情——这并非是因为他遭遇了什么不幸，只是思考得太认真，丢了魂一般。

很快就是他上台做发言，直到助手大力碰了他一下，他才大梦初醒般，拿过演讲稿，踏上讲台。

“我将试着只用简单的考虑而不深入到专门的数学性的细节，来对诸位描述一种一般性的观点。我相信这种观点适于使我们对于从刚刚开始时起的理论发展的一般趋势得到一个印象，而且我希望这种观点能有助于调和不同科学家们所持的那些外观上矛盾的观点。”

在场的人鸦雀无声，一齐注视着身材高大的玻尔。虽然有时候他们难免被玻尔过度复杂的句式弄得有点糊涂。

这是为了纪念伏打逝世一百周年而召开的国际物理学会议，普朗克，卢瑟福，索末非，洛伦兹，玻恩，玻色，德布罗意，康普顿，费米，海森堡，泡利……物理学界的老人和新人们齐聚一堂，这是当时规格最高的物理学会议。

这次会议他们没有白来，玻尔给了众人一个新颖的角度——在经典物理学范畴内，客体和仪器之间的相互作用可以略去不计，物理现象是不受外界干扰，而独立被人们观察到的。可是到了量子层面，任何这种观察都是不可能的，因此我们不得不承认仪器与客体之间存在相互作用。量子理论符合“测不准关系式”——它决定了量子力学的规律只能是几率性的，因果性概念已经不再能适应量子力学，必须抛弃决定性的因果原理。因此不能用同一个实验去测量物体所有的性质，而且不同的实验可能导致矛盾的结果。但，这并不是说人们要非此即彼，而是应该引入一个互补性概念，承认在更广阔的物理图景上，微观现象是互补的。

互斥又互补？这是什么想法？

在场的人面面相觑。

玻尔的发言结束了，虽然因为爱因斯坦没来，他有些遗憾——他实在是很想听听爱因斯坦对这一观点的看法。

机会很快就来了。

1927 年·比利时·布鲁塞尔

爱因斯坦望着窗外，眼中第一次出现了茫然的神情。

莫非这个世界在本质上真的是概率的？

不，这不可能。

虽然他也承认，统计和概率是很寻常的描述世界的手段，人们用统计方法来预测比赛，天气变化，但，这只是因为人们没有掌握全部的信息，所以才会用概率来表示结果。但如果人们对各个参量都了解得一清二楚，那么最终的答案就是确定的。

可现有的一些量子力学理论却认为，用波函数描述的微观世界是不确定的。这种不确定不是理论有短板，而是量子的本质造成的。

不，这一定不是全部的真相。虽然眼下只能用概率来描述粒子的行为，但这不是因为世界本身就无法确定——只是因为解释世界的理论是不完善的而已，一定有一个真正的理论，隐藏在这些表象之后。

车停了。爱因斯坦一下车就看到了布鲁塞尔深蓝色的天空，透彻无痕。

但愿也能找到同样干净，完备的理论，去描述这个恢弘的世界。

时隔多年，爱因斯坦又来到了这里——参加第五次索尔维会议，本次的主题议程是“电子和光子”，但谁都知道，实际上，这是为了量子论准备的论坛。

星期一的清晨，在劳伦斯·布拉格和康普顿分别做完关于X射线的实验报告和康普顿实验以及其和经典电磁理论的不一致的报告之后，量子力学的怪杰德布罗意作了报告。

走上台的时候，他忽然想起十多年前，第一届索尔维会议的时候，自己还是个十几岁的少年，那时候他对这场物理盛宴何其期待，多么向往！而如今，自己也终于参与其中了。

他的题目是《量子的新力学》。

报告回顾了薛定谔关于波动力学的工作和玻恩的几率诠释，然后他提出了这样一个问题：“我认为目前波动力学中的首要问题，就是这个：粒子与波之间应该有什么联系呢?”

德布罗意接着说下去。

“如果已知粒子的初始位置，那么用我的粒子速度导引公式可以得到粒子的运动，如果初始位置未知，那么用波函数也可以得到粒子在空间给定位置的几率。通过导引公式决定了粒子在空间的轨道，能给出粒子精确的位置和速度值。它不仅是个几率波，也是导波。”

德布罗意强调，这就是自己这些天来的思考结果——导波理论。“并且，粒子实际上是受到波的控制和引导的。”

可是反应平平。很少人表示支持，倒是一向直言快语的泡利尖锐地指出：“德布罗意先生，我不得不反驳一下，要按照统计结果来说，你的说法还有点靠谱，但是，如果考虑到弹性碰撞，这个理论就不堪一击。实话讲，这和量子理论根本就不相容。你想回到经典理论的框架里，这是历史车轮倒转！”

德布罗意没想到对方一上场就这么火药味儿十足。他试图举个经典光学的例子来说明自己的正确，但是就连他自己在说完这个例子后都有点怀疑，莫非把导波想象成一个真实的物理场，这种想法是错误的？

接下来，轮到玻恩和年轻的海森堡。

这时候，二人刚刚完善了矩阵理论，他们在演讲里详细介绍了这个理论，还提到了测不准关系。

结束语是很有挑衅性的。

“我们认为量子力学是一个完备的理论，它的基本的物理和数学假设是不容许进一步加以修改的。”

爱因斯坦听到这里，忍不住皱起了眉，但他不发一言。

至此，讨论会的气氛已经有些紧张了。薛定谔下一个上台，他简单地介绍了波动力学，还为德布罗意说了几句话，但翻来覆去还是那些旧的观点，就连德布罗意都不太同意。

泡利露出嘲讽的神情，悄声说了一句：“幼稚。”海森堡则直接评论说：“但是薛定谔先生，你的计算可没证明你的理论啊。”

"只是计算不令人满意，但这个理论比电子轨道那种胡扯要正确得多。"

年轻气盛的海森堡正要反驳，玻恩则冷静的微笑着回应："可惜，那并不是胡扯。"

不和谐的味道越来越浓厚，德高望重的洛伦兹开始发言。

他承认海森堡的理论有一定道理，"就我没有谈到过的基础现象而言，我依然保持我对决定论的信仰，"老人的眼睛扫视众人，"但是不是还有更深邃的精灵，足以描述那些粒子的运动？非决定论在原则上是不可避免的吗？"

他看向玻尔的座位："玻尔先生，我邀请您来做发言。"

玻尔等这一时刻很久了。是的，上次的科莫会议，爱因斯坦没来，这已经给自己留下了遗憾，这次，一定要当面将自己的互补原理讲给他听。

"我们都知道，经典物理学中，是无须考虑观察对象与仪器间的关系的，但在量子物理学中，这种相互作用却形成现象的一个不可分割的部分。因此真正量子现象的无歧义的说明，必须包括对于实验装置之一切有关特点的描述。根据量子理论，在同样的安排和实验条件下，能够发生各种不能预期的个体量子过程，因而在宏观仪器上可以测到各种不同的现象。虽然这些现象之间存在统计的关系，但这和经典的统计力学有根本的不同。在量子物理中，不管哪一种数学形式都存在人们关于微观客体的知识随时间演变的规律，但它不是通常所说的因果律。所以，人们必须放弃决定论，而把几率看成是本质的。"

他期待地看向爱因斯坦，这是他第一次听到自己的互补理论。

“一些经典概念的应用不可避免地排除另一些经典概念的应用，而这‘另一些经典概念’在另一条件下又是描述现象不可或缺的。必须而且只需将所有这些既互斥又互补的概念汇集在一起，才能而且定能形成对现象的详尽无遗的描述。”

但是爱因斯坦只是露出沉思一般的神情。他依旧不发一言。

玻尔失望地走下讲台。

布里渊首先评论了这个理论，在他发言的时候，德布罗意忍不住向他点头致意——正是布里渊的工作给了自己启发，令自己得出了物质波理论。

比利时物理学家泰奥菲勒·德·顿德尔也对此做了发言，接下来，是玻恩上场了。

他早看出玻尔的期待，也将爱因斯坦的沉思尽收眼底，所以他第一句就提到了爱因斯坦，在成功地吸引了他的注意后，他问出了这个问题：“现象的粒子特性怎样才能同用波动来表示这个现象调和起来呢？”然后，自问自答，他以“波包收缩”概念来解释。

抛砖引玉的工作已经做完了，玻恩看着爱因斯坦——这下子，你必须得说点什么了吧。

“请原谅，各位，”爱因斯坦终于发声了，“我没有深入研究过量子力学，但我还想谈谈我的看法。我认为物理体系的‘实在状态’是切实存在的，它不依赖于观察量或量度而客观地存在，并且原则上是可以用物理表示方式来描述的。”

“我想提一个实验。”爱因斯坦在黑板上画了起来。

他设想了一个带有小孔的屏，孔上有活门。由经典力学关于两体问题的能量——动量守恒定律，可以算出活门和穿过此孔射向屏右边的粒子之间的动量转移，进而可能得到平行于屏的动量分量的精确值，因此粒子的位置亦可由孔径任意精确地确定。

爱因斯坦认为这个实验可以提供一个精确的时空坐标，同时又能提供对此过程中能量和动量交换平衡的详细说明，这就能很好地反驳波函数的几率解释。

“目前，由于量子理论的应用领域的不同，人们可以从两种不同的观点来看量子理论：一种是德布罗意和薛定谔曾表述过的，这里没有‘单个电子”，而是“一团电子云”，它是实际存在的。第二种如你们所说，”爱因斯坦指指玻恩一行人，“的确有一个电子，但电子本身不扩散到空中，扩散的只是它的几率波。我不得不说，从集合的观点看，第二种观点包含了第一种观点，但我反对第二种看法。”

会场内变得极为寂静。玻尔知道，正面交锋的时刻到了。

“第二种看法过于强调了随机性。许多人也把量子力学看成关于单个过程的完备理论。但请诸位想想，如果真如第二种看法所说，同样的过程岂不会产生许多不同结果？再回到我刚才说的实验，如此一来，感应屏上的许多区域就要同时对电子的观测瞬间做出反应，这似乎暗示了一种超距作用，可大家都知道，按照相对论的理论，没有什么能超越光速。这是违背相对论的。”

“但是爱因斯坦先生，”玻尔反应迅速，“按照你的说法，对孔径的进一步考察可以自然地给出测不准关系式。而且，你怎么避免电子与狭缝边缘的相互作用？”

“好，我承认用确定位置坐标的同一系统来精确测量动量是不可能的。”短暂的惊讶后，爱因斯坦很快拿出了第二个方案。

“那让我们用分开的装置来进行测量，一个测位置，一个测动量怎么样？”

爱因斯坦又设计了一个电子通过双狭缝干涉的理想实验，如果入射粒子流非常微弱，以至于可以认为某一时刻只有一个粒子穿过实验装置，那么粒子的坐标和动量就可以在超出测不准关系范围的精度上被测定，如此就可以确定电子的确切的位置。

玻尔皱起眉。会场里的每个人都注视着这两个量子时代的伟大旗手。

他沉思了好一会儿，忽然，一丝笑意浮上脸颊：“但是爱因斯坦先生，如果你关上其中任何一个狭缝，实验的状态就完全改变了！当双狭缝开启时，即便电子是一个一个发射的，但到了最后，屏上还是会形成干涉条纹。但假如轮流开启狭缝，虽然可以得知电子究竟经过了哪个狭缝，却无法看到干涉条纹了。可以说，”玻尔的笑意更深了，“你的这个实验，恰恰提供了一个关于波粒二象性互斥描述和互补概念运用的典型。”

爱因斯坦目瞪口呆。

他心中一直觉得，量子物理学展示了非常复杂的过程，为了适应这些过程，可以扩大和改善我们的因果性概念。但是，未来同过去一样，它的每一细节都是必然的和确定的。

甚至在给友人的书信中，他也有些哀伤地说：“我必须承认，在这里我对自己的信仰缺乏勇气。但是，要放弃完全的因果性，我会很难过的。”

讨论很快就变成了一场爱因斯坦和玻尔之间的决斗，双方唇枪舌剑，你来我往，直至当天的会议结束。

可是“战火”没有平息，在接下来的几天里一直延伸。

爱因斯坦仍坚持认为，量子力学只能描述处于相同环境中为数众多而又彼此独立的粒子全体，而不能描写单个粒子的运动状态，因为单个粒子的运动状态必须是决定性的，而不能是统计几率性的。因此，现有的量子力学理论是不完备的。

玻尔则坚持实证论，他认为量子世界是虚幻的、不真实的，只有对量子世界进行了测量之后的结果才是真实的。所以玻尔认为，现有的量子力学理论并没有问题，它恰好可以计算这个复杂的量子世界，而且符合实际。

在埃伦菲斯特眼中，那段时间的爱因斯坦就像一个弹簧玩偶，每天早上都带着新的主意从盒子里弹出来，而玻尔抛出各种哲学概念，把对方所有的论据都一一碾碎。

每天，当大家在旅馆的餐厅用早餐时，辩论就开始了。爱因斯坦一边吃香肠一边对玻尔说："我昨天想到了新的实验。"不容分说，他拿起盘子碟子比量起来。玻尔通常沉默地倾听，然后一行人又边聊边去会场。

海森堡和泡利走在后面，跟着玻尔和爱因斯坦。在他们眼中，这两个神话般的物理学巨人的哲学态度是如此迥异，简直就是一种鲜明对比。偶尔，两个少年也会在数学表达结构方面插几句话。然后，大家就再次陷入沉思。

"你觉得爱因斯坦刚提出的想法怎么样？"泡利大口地喝着啤酒。

"实不相瞒，我觉得老师下午就会驳倒他。"海森堡冷静地说。

这些来自玻尔的研究所的年轻人们会一起讨论，于是到了傍晚的时候，玻尔就想到了方法，他就在晚餐时把它们分析给爱因斯坦听。

爱因斯坦听着，心里很不服气。

但竟然无法反驳。

可这些人，真的要放弃因果律吗？难道他们真的认为世界的本质就是随机的？

终于在一次晚饭后，爱因斯坦愤怒地放下刀叉，忍无可忍地对着玻尔说了那句著名的格言："上帝不掷骰子！"

玻尔："但，不确定性也是自然的一部分。"

玻尔和爱因斯坦共同的好朋友埃伦费斯特说了公道话："爱因斯坦，你看起来就像那些当年反对你相对论的人。你现在就用这样的态度对待量子论。"

"可我不会放弃连续性和因果性的。"

玻尔："爱因斯坦，你在想什么？是你将革命性的光量子的概念带到我们面前。"

"玻尔，别说了。人家还以为我们本来是观念一致的人呢。可你瞧，我们的分歧这么大，简直没有任何共同语言。"

参与会议的其他物理学家们也加入了论战，场面越发混乱，埃伦费斯特长叹一声："看来，上帝真的混淆了地上的所有语言，通往天堂的高塔还能竖起来吗！"

爱因斯坦不依不饶："量子理论的统计特征，发现物理实在的所有特征的不可能性，全都是因为人们的无知造成的，随着时间推移，人们总会认识深入。物理学家们不但要预测一个事件发生的概率，还要发现它是否一定会发生。"

"但你应当看清现实，其实我和你一样，我也认为世界应该是局域的、确定的，但测量是关键，测量中发生了波包坍缩，是波包坍缩让'不确定'变成了'确定'，'非局域性的变成了

‘局域性的’。”

“不，绝不。我不会接受这种观念。量子力学是堂皇的，但有一种内在的声音告诉我，它还不是真正的东西。它说的再多，也不是真的，也没有使我们接近那个恶魔的秘密，哪怕只接近一点点。”

会议从10月24号开到了29号，开了6天。上帝造世界也只用了6天而已，物理学家们，讨论的已经够多了。

【本届会议的参与者有欧文·朗缪尔、马克斯·普朗克、玛丽·居里、亨德里克·洛伦兹、阿尔伯特·爱因斯坦、保罗·朗之万、古耶、查尔斯·威耳逊、欧文·理查德森、彼得·德拜、马丁·努森、威廉·劳伦斯·布拉格、亨德里克·安东尼·克雷默、保罗·狄拉克、阿瑟·康普顿、路易·德布罗意、马克斯·玻恩、尼尔斯·玻尔奥古斯特·皮卡尔德、亨里奥特、保罗·埃伦费斯特、爱德华·赫尔岑、顿德尔、埃尔温·薛定谔、维夏菲尔特、沃尔夫冈·泡利、维尔纳·海森堡、福勒、里昂·布里渊。这29个人中，有27人获得了诺贝尔奖。】

1930年·比利时·索尔维

“认为量子力学是完备的，这简直就是‘海森堡—玻尔的绥靖宗教’，这种宗教向他们的信徒们暂时提供了一个舒适的、一躺下去就不容易惊醒的软枕！”

薛定谔可以想见，信件那头的爱因

斯坦此刻的神情有多么气愤。然而，连他也不得不承认，可能自己是真的老了，或许真应当重新审视量子理论。

第五次索尔维会议之后，物理学的格局有了很多的变化。薛定谔接替了普朗克，文采尔接替了薛定谔，洪德接替了文采尔，泡利接替了德拜，约尔丹接替了泡利，克莱恩接替了海森堡。

索尔维会议之后，老人们退居幕后，壮年人踌躇满志，而孩子们长大了。他们将开辟属于自己的时代——一切都像在预示着他们即将功成名就，大时代即将到来。

当海森堡在莱比锡发布就职演讲，成为德国最年轻的正教授时，他刚满 26 岁。

海森堡和学生们几乎同龄，他对待这些学生，就像自己少年时在荒原上领导童子军。海森堡常在上课前去街角买些点心分给学生，化学实验课的时候，还会用化学炉子煮茶分给大家喝。闲暇时候去滑雪，他是滑雪好手。

海森堡的学生偶尔会看到，这位年轻的教授会起得很早出去骑马，因而他们也乐得去找他打网球，说不定能蹭蹭马骑。

但每当他在自己的房间一遍一遍地演奏舒曼协奏曲，脸上浮现出做梦一般的神情时，人们都知道，他这是在思考物理学问题了——思绪又飘向了 1927 年的会议，回到交锋的现场。

转眼，就到了 1930 年。还是同样红叶缀满的秋天，还是风光宜人的布鲁塞尔。

这次，爱因斯坦有备而来。

会议开始没多久，他就向众人提出了一个思想实验——“光子盒”。

“这个实验将证实，测不准关系的核心公式是不成立的。”爱因斯坦直入主题。

光子盒也是一个理想的实验装置。这是一个一侧有一个小洞的盒子，在洞口处有一块挡板，里面放了一只能控制挡板开关的机械钟。小盒里装有一定数量的辐射物质。这只钟能在某一时刻将小洞打开，放出一个光子来。这样，它跑出的时间 Δt 就可精确地测量出来了。

与此同时，小盒悬挂在弹簧秤上，小盒所减少的质量 Δm，也即光子的质量便可直接测得，然后利用质能关系 $E=mc^2$ 便可得到能量的损失。这样，时间和能量都同时测准了，$\Delta E\Delta t=h$，由此可以说明测不准关系 $\Delta E\Delta t>h$ 是不成立的。

描述完了他的光子盒实验后，现场一片寂静。

玻尔显然是惊呆了。那一整天，他都魂不守舍。

爱因斯坦得意洋洋，似乎终于报了三年前的“大仇”，晚饭后，就心满意足的在房间拉起了提琴。

而玻尔独自坐在旅馆里思考着，他点燃自己的大烟斗。点了又灭，灭了又点，火柴一根一根的散落，烟叶可还一点没抽呢。

室内太安静了，玻尔禁不住来到外面透气。他沿着布鲁塞尔的街道一路向前，这里的夜色同丹麦一样的温柔，使他忽然想起许多年前的一天，他独自做过的一次远足。那还是在 1920 年，自己在柏林第一次见到爱因斯坦，虽然满怀欣喜与这么一位物理大师相见，他们却还是爆发了一场辩论。回到丹麦后，玻尔久久不能平静，于是用上了老办法——漫游。

那天晚上，玻尔独自走出家门，丹麦起伏的地貌因而尽收眼底。他在黑暗中穿行，越过诺贝尔文学奖得主金森的小屋，上了一个斜坡，跨过一个荒原。这里住着丹麦诗人修斯泰恩。他走过一处深山树丛，听说艺术家黑子就在那里居住。

玻尔走着，到了山脚下，路过一簇玫瑰环绕的房子。诗人西道夫在那里朗诵诗歌。在物理的严谨冷酷之外，还有这样一片充满了灵性的世界。

玻尔继续走着，穿过树林，最后，树林张开怀抱，他看到了一片大海。

天地之间，风烟俱净。只有海浪一波一波地袭来。

此刻月光如水，恍然已身在布鲁塞尔。距离他与爱因斯坦的初见，已过去十年。

同样的浪潮在这一刻，再次袭击了他。

我知道了！

第二天，当爱因斯坦再次见到玻尔时，忍不住有点疑惑。

他这个人，平时总显得那么呆滞，怎么这次，有了这么鲜活的神情？

莫非他想到了反驳我的办法？

“如果这个装置真如爱因斯坦先生所说，那么我们可以做如下推想。”玻尔也顺手在黑板上画了起来。

“光子跑出后，挂在弹簧秤上的小盒质量变轻即会上移，根据爱因斯坦先生的广义相对论，如果时钟沿重力方向发生位移，它的快慢也会发生变化，这样的话，那个小盒上机械钟读出的时间就会因为这个光子的跑出而有所改变。换言之，用这种装置，如果要测定光子的能量，就不能够精确控制光子逸出的时刻。如果一个光子跑出，箱子轻了 Δm，用弹簧秤称，再设置零点，设

位移为 Δq，而根据广义相对论的红移效应，箱子在引力场移动 Δq, Δt 也相应改变 ΔT，由此我们可以计算：$\Delta T > h/\Delta mc^2$，再带入代入 $E = mc^2$ 得 $\Delta E \Delta T > h$，正好得到了测不准关系式！

以彼之道还施彼身！

玻尔居然用爱因斯坦广义相对论理论中的红移公式，推出了能量和时间遵循的测不准关系！

但是爱因斯坦仍没有被轻易说服，虽则整个会议中，他看起来都有些魂不守舍。

“好，我承认，你们的量子力学的解释不存在逻辑上的缺陷。它也许是自洽的，但是，”爱因斯坦话锋一转，“它还不完备！完备的理论应包含确定性，实在性，和局域性，所以我还无法完全认同。”

玻尔却知道，自己赢得有点惊险，而且，用广义相对论来推出测不准原理，这还有很多细节亟待说明。爱因斯坦说不定很快就会看出其中的破绽了。

他们都是乐观的人，认为一定有一个真相在前方等着，只待被揭开。因此他们的眼睛永远看向前方，他们所关注的，永远是那些尚未理解的知识。

1935 年 · 美国 · 普林斯顿

1933 年第七届索尔维会议上，爱因斯坦没能出席。战争破坏了物理学家的日常生活，他翻山跨海，到了大洋彼岸的美国去。

因而在那次会议上，当玻尔宣读完自己的理论，却发现少了那个质疑的人时，心中总有一份落寞。

爱因斯坦在普林斯顿仍没有放弃自己的观点，他意识到目前为止无法驳倒测不准关系，但能不能从更普遍、更原则的方面来论证现有形式下的量子力学对物理实在的描述是不完备的？

他找了两个助手：鲍里斯·波多尔斯基（Boris Podolsky）和纳森·罗森（Nathan Rosen），他们一起撰写了一篇文章：《量子力学对于物理事实的描述是完备的吗？》于1935年发表于《物理评论》杂志上，并选取三人名字的首字母，署名为EPR论文。

这篇论文中描述了一个佯谬，后人将其称为“EPR佯谬”。

论文首先提出理论完备性的必要条件：物理实在的每个要素都必须在物理理论中有它的对应。即，如果不对一个物理体系进行干扰，我们就能确定地预测一个物理量的值。

在这篇论文里，他们又提出了一个理想试验，并通过对一个特殊的物理体系的分析得出结论：在两个曾经发生但早已不再发生相互作用的体系中，通过触动其中的一个体系，可以影响另一个体系，而这另一个体系是不再和第一个体系有什么关联的。他们想象了这样一种情况：一个不稳定的大粒子衰变成两个小粒子，之后两个小粒子向相反的两个方向分开。而我们知道粒子都是有自旋的性质的。现在假设粒子有两种可能的自旋，“左”和“右”，那么，如果粒子A的自旋为“左”，粒子B的自旋便一定是“右”，这样才能使整体守恒。但诡异的地方出现了，它们分开的时候，假设粒子A立刻随机地做出决定，选择“左”旋。考虑到守恒理论，B粒子就必须是“右”旋。

但是，刚分隔的时候它们可以及时相互通信，使得B粒子得知A粒子的选择，假若将他们分隔在宇宙两端呢？

这种信息，又怎么才能瞬时传递过去？要是真的传递了，岂不是超越光速了？光速可是我们宇宙的极限，没有什么能超过它。

爱因斯坦胸有成竹：因此，玻尔和他的朋友弟子们对量子论的几率解释是不成立的。

(论文里还提到了一个非常诡异有趣的理论——根据广义相对论的方程描述，在空间中可能存在一种“桥”，能够连接空间中遥远的两个点，成为一种空间中的“捷径”——虫洞！

这就好比说，如果一只小虫落在苹果上，当它想到达另一面是，要从苹果表面爬过去，会走很远的距离；但是如果它钻进苹果中，就可以直接，沿直线到达另一边！

距离缩短了，时间也大大缩短。这为星际航行提供了绝佳的想法。)

玻尔初次看到这篇论文时，心中竟然有种喜悦——不管怎么说，这位老对手终于又出招了。深入思考之后，他写了名为《量子力学和物理实在》的文章，反驳 EPR 文章中判定何谓物理实在的判据。他接连出招，不到一个月，就给《物理评论》寄去了论文。

孩子气的玻尔竟然取了和爱因斯坦一样的题目：《量子力学对于物理事实的描述是完备的吗?》他更详细的阐明了自己的“互补性观点”，反驳 EPR 的物理实在观，声称必须把复合体系看成单一的不可分离的整体，而且反驳了 EPR 佯谬的理想试验：实验装置工作的结果并不告诉我们关于想要观察的体系的知识，而只告诉我们实验装置本身的整个情况。他对着大洋彼岸的爱因斯坦隔空喊话：你说量子力学对物理实在的描述是不完备的，不，我恰恰认定它是完备的。

在微观的实在世界中，观测是个非常重要的概念。而波函数描述的一个互相关联的整体，这个粒子虽然并分隔开来，但他们还是一个物理体系整体，也根本不需要传递信息！

量子力学发展到这里，已经拥有无人能撼动的地位了。

爱因斯坦仍没有放弃自己的想法，虽然，他到了普林斯顿以后，渐渐地很少再涉猎量子力学了。

玻尔却将这个理论发扬光大。一代又一代新人们加入到这个潮流中来，量子力学，为人类带来了新的技术革命。

花落花开，花开花落，少年子弟江湖老，那些激烈的争论已经过去很久，却犹在眼前。

那时已是1948年，爱因斯坦已经快70岁了。世界发生了天翻地覆的变化，转眼又是新人辈出的黄金时代，一如从前。

那时候，是年轻的费曼最春风得意地时期，他开创了用路径积分来表述量子力学的方法，他的老师惠勒非常欣赏，禁不住有点得意地拿着论文去问爱因斯坦。

“他做得怎么样？我想现在，你总该相信量子力学的正确性了吧！”

等待他的只有沉默。惠勒看到爱因斯坦的眼神暗淡了一下，脸色昏沉。

过了很久，他得到了这样一句。

“没错，也许我的确弄错了一些事情，可是，”爱因斯坦的神情依然像二十多年前一样坚定。“我仍不相信，上帝会掷骰子！”

而玻尔度过了波澜壮阔的一生。他经历了事业的辉煌，丧子的巨痛，战争阴云的裹挟，爱徒海森堡的背叛。如今，历尽千帆，他只是一个安详的老人。

那是 1962 年的 11 月 17 号，他像往常一样，长久地，凝视着他房间黑板上画的一个盒子。

那是当年爱因斯坦画过的，用来解释自己的光子盒理论——那是他们争辩的产物，是他们曾向着心智征服的明证。

念念不忘，必有回响。

第二天，玻尔在自己的家中去世。他活了 77 岁，几乎见证了量子力学的整个发展进程。

而物理学家们的通天塔，依旧在修建，直到通往真理的那一天。

尾声

“宇宙最不可理解之处是它是可理解的。”

这是爱因斯坦常说的一句话。

有多少人付出了自己的一生，只为追寻那些可以理解的宇宙真理。

多么不可思议，离经叛道的量子理论，竟是由严谨保守的普朗克第一个涉足的；

多么难得，毕业就失业的爱因斯坦，遇到了那么多赏识他思想的人；

多么幸运，一篇博士论文，可以让锦衣玉食的德布罗意拿到诺贝尔奖；

多么不平凡，不惑之年的薛定谔仍能创造人生的辉煌；

而玻尔这么温吞敦厚的人，却卷入过惊险的逃亡；玻恩这个谦谦君子，却充满着对科学的犀利，泡利这个毒舌犀利的胖子，也感叹过自己的错误；海森堡那样英姿勃发的人，竟参与过纳粹的计划；狄拉克这般孤独，却有着最为纯洁宝贵的心。

还是回到量子论诞生那一年——在那一年，21 岁的爱因斯坦还只是个待业大学生，想着怎样去某个专利局谋一个小差事；

15 岁的玻尔正在中学里头痛如何总结作文，一心想着一会儿要和弟弟在哥本哈根漂亮的街道上奔跑；刚满 18 岁的玻恩正纠结是否该学习天文学；富二代德布罗意只有 8 岁，正在热切地期待着圣诞糖果；泡利还是个婴儿，他的不相容原理正在他的奶瓶和摇篮里摇摇晃晃；海森堡和狄拉克甚至还没有出生，矩阵力学、测不准原理和狄拉克方程还隐藏在温暖的胚胎里；彼时，13 岁的薛定谔却一脸认真，正在课堂上质问老师是否相信上帝的存在……

在那一年，新的世纪安静到来。泰坦尼克还没来得及沉没，第一架飞机还没来得及飞翔。普通的人们完全不知世界已经发生了奇妙的变革，让人类对于宇宙的认识有了巨大的进步和飞跃。彼时一切都还捉摸不定，和这门学科一样模糊神秘却激动人心，所有的一切才只是展现出冰山一角，却在许多年中让无数的人们前仆后继，奋力地追寻。一个新的理论在等待他的发扬者们长大成熟，一个关于世界本源的秘密正等待着被这些年轻人们揭开。

所有的一切都是崭新的，崭新的，闪闪发光。

而那些科学家们，却将我们带入这个事事不确定的量子世界，在这里，光叠加于波和粒，猫不知生死，我们无法同时确认一个小点的位置和速度；那里生活着一只怎样都无法显形但确实存在的龙，有一个不看就无法确定其真实的月亮，有远隔万里依旧心灵相通的粒子；那里上帝不断地掷出骰子，26 根弦不停纠结，宇宙无数次分裂，千百个历史相互交叠……

在爱因斯坦、玻尔这些宗师级别的物理学家们之后，又出现了许多涉足量子领域的物理学家：冯・诺依曼，约翰・惠勒，约翰·贝尔，费曼……还有我们的华裔科学家们，吴健雄，李政道，丁肇中，杨振宁……

当量子这片星空的星星们越聚越多，也终将后人的天空，照耀得更加深远辽阔。

无数后继者们正踏上征途，向着所有不可能的未知，在人类智识的大海上，乘风破浪，扬帆远航。

“我们终将知道，我们必将知道。”

起风了。

后记

决定写这些科学家的故事，完全出于机缘巧合——很久前我写了一个关于计算机科专家图灵的短篇科普传记，得到了一些鼓励，感受到了大家对于科学普及的热情。这给了我写科普的信心和目的：我想写大部分人都能看得懂的科普。

可写着写着，我却有些迷茫：毕竟不是专业人士，要自己先阅读论文或传记，然后才能整理成文，这样二手的获取材料的方式，必然有许多误差，我该如何避免？而最致命的是，我渐渐开始怀疑，科普对于众人有意义吗？不同于社科类的普及，科学离大众毕竟是很遥远的，可以说，搞科学的人没必要看我的东西，而不搞科学的人看了我的东西也毫无用处。

为此我感到非常灰心丧气。

直到有个读者对我说，你知道吗，我有一个正在上高中的侄子，面临文理分科，不知道学文还是选理，后来他看到你写的这几篇科学传记文，了解了这些科学家的故事，因此对于物理产生了强烈兴趣，终于决定学理科，并且，要学物理。

我非常感动。但却并不认为这感动中有虚荣的成分——此前，我对于自己的文字是非常没有信心的——也听到过质疑的声音：有人说我写的根本不能算科普文。

我承认我在其中的欠缺，也承认自己能力有限。可我非常想去接近这些科学家的人生，即使只是远远地观望一眼，也想尽己所能，把这些出现在教科书上的名字，还原成一个又一个鲜活的人：他们怎样成长，他们怎样交谈，他们怎样创造，这些都已经成为历史，可直到今天，依然令人感动和振奋，如我的一个朋友在我一篇文章下评论的那样："我们得承认，即使是科学和科学史，能够真正触动我们心灵的，依旧是其中的诗意与美。"

我想，这也是我们仰望星空的意义所在。

我们可以为了文学流泪，为了艺术兴奋，我想我们也同样可以为了科学而心生感动。因为科学也如文学，如艺术一样，深切地关照着我们人类自身的命运。它不该被束之高阁，被胡乱猜疑，或者只能伴随着枯燥难懂的标签而被少数人掌握。最重要的是——即使我们中的大多数人永远也不可能去参与那些高深科学的一丝一毫，但这不并代表我们就该永远也不去了解它。

因为那片星空就在头顶，我们抬头就能看到。

在此我要特别感谢季燕江老师寄来的图书，感谢我的朋友肖霄女士从美国寄来的资料。

我还要诚挚地感谢我的父母，正是他们的支持，让我得以写出这本书。

2015 年 7 月 23 日（初稿）

2015 年 7 月 26 日（终稿）

2015 年 10 月 19 日（审阅稿）